Alice's Adventures in Wonderland

지은이 루이스 캐럴 Lewis Carroll

1832년 1월 27일 영국 체셔의 성직자 집안에서 태어났다. 본명은 찰스 럿위지 도지슨(Charles Lutwidge Dodgson)이다. 1851년에 옥스퍼드 크라이스트처치 칼리지에 입학했고, 1855년부터 1881년까지 모교 수학과 교수로 재직했다. 1864년, 수학과 학장이었던 헨리 조지 리델의 딸 앨리스와 그 자매들에게 '땅속 나라의 앨리스'라는 제목의 이야기를 선물했는데, 이 이야기가 1년 후 『이상한 나라의 앨리스』로 정식 출간된다. 이 때 즈음부터 '루이스 캐럴'이라는 필명을 사용했다. 이는 자신의 이름 Charles Lutwidge를 라틴어인 Carolus Ludovicus로 바꾼 후, 이를 다시 영어화하여 앞뒤를 바꾼 것이다. 이 밖에도 『거울나라의 앨리스』, 『실비와 브루노』 등의 동화를 썼고, 『행렬식에 관한 입문서』, 『헝클어진 이야기』, 『수학적 호기심』 등 수학에 관한 다수의 책과 논문을 집필했다.

옮긴이 정해영

성균관대학교 불어불문학과와 이화여자대학교 통번역대학원을 졸업하고, 현재 전문 번역가로 활동하고 있다. 옮긴 책으로는 『리버보이』와 『빌리엘리어트』, 『올드 오스트레일리아』, 『곰과 함께』, 『번역의 일』, 『이 폐허를 응시하라』, 『하버드 문학 강의』, 『회계는 어떻게 역사를 지배해왔는가』, 『페미니스트99』, 『데카메론 프로젝트』, 『떠나는 것은 어려운 일이 아니다』, 『묘사의 기술』, 『정상은 없다』, 『우주를 듣는 소년』, 『좋은 엄마 학교』 등이 있다.

도슨트 이진경

지식공동체 수유너머 104 연구원, 서울과학기술대학교 인문사회교양학부 교수. 『철학과 굴뚝청소부』를 시작으로, 자본주의와 근대성에 대한 이중의 혁명을 꿈꾸며 쓴 책들이 『맑스주의와 근대성』, 『근대적 시·공간의 탄생』, 『수학의 몽상』, 『철학의 모험』, 『근대적 주거공간의 탄생』, 『필로시네마, 혹은 탈주 철학에 대한 10편의 영화』 등이다. 사회주의 붕괴 이후 새로운 혁명의 꿈속에서 니체, 마르크스, 푸코, 들뢰즈·가타리 등과 함께 사유하며 『노마디즘』, 『자본을 넘어선 자본』, 『미-래의 맑스주의』, 『외부, 사유의 정치학』, 『역사의 공간』, 『우리는 왜 끊임없이 곁눈질을 하는가』, 『사랑할 만한 삶이란 어떤 삶인가』 등을 썼다. 『코뮨주의』, 『불온한 것들의 존재론』, 『삶을 위한 철학수업』, 『파격의 고전』 등을 쓰면서 지금 여기에서의 삶을 바닥없는 심연 속으로 끌고 들어가고 있다.

이상한 나라의 앨리스

루이스 캐럴 지음

정해영 옮김

그린비

차례

도슨트 이진경과 함께 읽는 「이상한 나라의 앨리스」

앨리스의 놀이 정신, 혹은 놀이의 철학

일러두기

1 이 책은 Lewis Carroll, *Alice's Adventures in Wonderland*(1865)를 완역한
것이다.

2 이 책의 각주는 모두 옮긴이의 것이다.

3 외국어 고유명사는 2022년 국립국어원에서 펴낸 외래어표기법을 따르
되, 관례가 굳어서 쓰이는 것들은 그것을 따랐다.

이상한 나라의 앨리스

1

토끼 굴 속으로

앨리스는 강둑에서 아무것도 하지 않고 언니 옆에 가만히 앉아 있는 것이 몹시 지겨워지기 시작했다. 한두 번 언니가 읽고 있는 책을 엿보았지만, 거기에는 그림도 대화도 없었다. 앨리스는 생각했다. '그림이나 대화가 없다면 책이 무슨 소용이람?'

그래서 앨리스는 일어나서 데이지 꽃을 꺾는 수고로움을 감수하고 화환을 만드는 게 좋을지 마음속으로 생각하고 있었다. 그런데 그때 갑자기 눈이 빨간 흰토끼 한 마리가 뛰어와서 그녀 옆을 지나갔다.

여기까지는 크게 놀랄 만한 것이 없었고, 토끼가 "오 맙소사! 오 맙소사! 늦었군!"이라고 혼잣말을 하는 것을 들었을 때도 크게 이상하다고 생각하지 않았다(나중에 다시 생각해 보니 당연히 이상하게 여길 만한 일이었지만, 그때는 모든 게 꽤 자연스러워 보였다). 그러나 토끼가 정장 조끼 주머니에서 회중시계를 꺼내 보고는 서둘러 가던 길을 갔을 때, 앨리스는 벌떡 일어섰다. 정장 조끼를 입은 토끼나 주머니에서 회중시계를 꺼내는 토끼는 한 번도 본 적이 없다는 생각이 뇌리에 스친 것이다. 앨리스는 호기심에 불타올라 토끼를 따라서 들판을 가로질러 달렸고, 다행히 때마침 토끼가 산울타리 아래의 커다란 토끼 굴로 쑥 들어가는 것을 볼 수 있었다.

앨리스는 곧바로 토끼를 따라 들어갔다. 어떻게 다시 나올 것인지는 조금도 생각하지 않았다.

토끼 굴은 터널처럼 한동안 곧게 이어지더니 갑자기 아래로 푹 꺼졌다. 너무나 갑작스러워서 멈춰야겠다고 생각할 겨를도 없이 앨리스는 어느새 아주 깊은 우물 속으로 떨어지고 있었다.

우물이 아주 깊은 건지 아니면 아주 천천히 떨어지고 있는 건지, 앨리스에게는 꽤 오랫동안 주변을 두리번거리며 다음에 무슨 일이 일어날지 생각할 시간이 있었다. 처음에는 아래를 보며 자신이 어디로 떨어지고 있는 건지 알아내려 했지만, 너무 어두워서 아무것도 보이지 않았다. 그 다음에는 우물 측면을 보고 거기에 찬장과 선반이 채워져 있는 것을 알아차렸다. 군데군데 지도와 그림이 못에 걸려 있는 것도 보였다. 앨리스는 지나가면서 선반에서 병 하나를 꺼냈다. '오렌지 마멀레이드'라고 써 있었지만, 실망스럽게도 병은 비어 있었다. 혹시 아래에 있는 누군가가 맞게 될까 봐 병을 떨어뜨리고 싶지는 않았고, 그래서 떨어지는 와중에 어떤 찬장을 지나치는 순간 가까스로 그 안에 병을 집어넣었다.

'휴우! 이렇게 깊게 떨어지고 나면, 계단에서 구르는 것쯤은 아무것도 아니겠어! 집에서 나를 얼마나 용감하다고 생각할까! 지붕에서 떨어져도 아무 소리 하지 말아야지(정말 그럴 가능성이 컸다)!'

아래로, 아래로, 아래로. 이 추락은 끝도 없이 계속되는 걸까? "지금까지 대체 몇 미터나 떨어진 거지?" 앨리스가 소리 내어 말했다. "난 지금 지구의 중심 근처 어딘가에 있는 게 분명해. 어디 보자. 6천 킬로미터쯤 아래인 것 같아." (앨리스는 학교에서 수업 시간에 이런 것에 대해 몇 가지를 배웠다. 그녀의 말을 들어줄 사람이 아무도 없으니 지금이 지식을 자랑하기에 썩 좋은 기회는 아니었지만, 그래도 반복해서 말하면 괜찮은 연습이 될 것이었다.) "그래. 그 정도 거리쯤 되는 것 같아. 하지만 내가 있는 곳의 위도나 경도는 어떻게 되지?" (앨리스는 위도와 경도가 뭔지 몰랐지만, 그것들이 말하기에 멋진 단어라고 생각했다.)

곧이어 앨리스는 다시 말하기 시작했다. "이러다 지구를 관통해서 떨어질지도 모르겠어! 거꾸로 서서 걸어 다니는 사람들 사이로 나가게 되면 얼마나 웃길까! 상극♠일 거야." (이번에는 아무도 듣고 있지 않아서 다행이라는 생각이 들었다. 그것이 전혀 적절한 단어처럼 들리지 않았던 것이다.) "하지만 그 사람들에게 나라 이름이 뭐냐고 물어야 할 텐데. 아주머니, 실례지만, 여기가 뉴질랜드나 호주인가요?" (그리고 앨리스는 말을 하면서 무릎을 굽혀 인사하려 했다. 허공을 가르며 떨어지는 와중에 무릎을 굽혀 인사하다니, 얼마나 멋진가! 당신이라면 그렇게 할 수 있겠는가?) "그러면 그 아줌마는 나를 보고 그런 걸 묻다니 얼마나 무식한 아이인가, 생각하겠지! 안 돼! 절대 묻지 않을 거야. 혹시 어딘가에 나라 이름이 써 있는지 봐야겠어."

아래로, 아래로, 아래로. 달리 할 일이 없어서, 앨리스는 다시 입을 열었다. "다이나가 오늘 밤 나를 보고 싶어 할 거야. 틀림없어!" (다이나는 고양이였다.) "다과 시간에 사람들이 잊지 않고 다이나의 우유도 챙겨 주면 좋을 텐데. 우리 다이나! 네가 나와 함께 떨어지면 좋았을 텐데! 공중에는 쥐가 없을 것 같아 아쉽지만, 어쩌면 박쥐를 잡을 수 있을 거야. 박쥐는 쥐와 아주 비슷하거든. 하지만 고양이가 박쥐를 먹던가?" 문득 앨리스는 졸음이 오기 시작했고 마치 꿈을 꾸듯 계속 혼잣말로 되풀이했다. "고양

♠ 원문은 'antipathy'로, 'antipode'(정반대의 것, 대척점)와 혼동하는 것으로 보인다.

이가 박쥐를 먹나?" "고양이가 박쥐를 먹나?" 그리고 가끔은 "박쥐가 고양이를 먹나?"라고도 했다. 어차피 둘 중 어느 질문에도 답할 수 없으니 어떻게 말하건 그리 중요하지 않았기 때문이다. 앨리스는 이제 깜빡 잠이 들어서 꿈을 꾸기 시작했다. 꿈속에서 앨리스는 다이나와 손을 잡고 걸으면서 아주 진지하게 말하고 있었다. "자, 다이나, 사실을 말해 줘. 너 박쥐를 먹은 적이 있니?" 그때 갑자기 쿵! 쿵! 하며 추락이 끝났다. 앨리스는 부러진 나뭇가지와 마른 잎들이 쌓여 있는 곳으로 떨어졌다.

앨리스는 조금도 아프지 않았고, 순식간에 벌떡 일어났다. 고개를 들었지만 머리 위는 온통 캄캄했다. 앨리스의 앞에 또 다른 긴 통로가 있었고, 흰토끼가 아직 그 길을 따라 서둘러 내려가고 있었다. 잠시도 지체할 시간이 없었다. 앨리스는 바람처럼 달려가서, 토끼가 모퉁이를 돌면서 말하는 소리를 간신히 들을 수 있었다. "아이고 내 귀, 내 수염. 정말 늦겠어!" 앨리스는 토끼를 바짝 뒤쫓아 갔지만 모퉁이를 돌자 토끼는 더 이상 보이지 않았고, 앨리스는 천장이 낮은 긴 복도에 서 있었다. 천장에 일렬로 매달린 등불이 복도를 환하게 비추고 있었다.

사방에 문이 있었지만 모두 잠겨 있었다. 앨리스는 복도를 따라 한쪽으로 쭉 내려갔다가 반대쪽으로 올라오며 모든 문을 열어 보려 한 다음, 풀이 죽은 채 가운데로 걸어가며 어떻게 이곳을 빠져나갈지 고민했다.

그 순간 앨리스는 전체가 단단한 유리로 만들어진 다리 세 개짜리 테이블을 마주쳤다. 테이블 위에는 작은 황금 열쇠 말고

는 아무것도 없었는데, 처음에 앨리스는 그것이 복도에 있는 문들 중 하나의 열쇠일지도 모른다고 생각했다. 하지만 맙소사! 자물쇠가 너무 큰 건지 아니면 열쇠가 너무 작은 건지, 어쨌든 어떤 문도 열리지 않았다. 그러나 두 번째로 둘러보았을 때, 조금 전에는 발견하지 못한 낮은 커튼이 눈에 들어왔고 그 뒤에는 높이가 40센티미터 정도인 작은 문이 있었다. 앨리스는 작은 황금 열쇠를 자물쇠에 넣어 보았는데 기쁘게도 딱 맞았다!

앨리스는 문을 열었고 그 문이 쥐구멍만 한 작은 통로로 이어지는 것을 발견했다. 무릎을 꿇고 통로 안을 들여다보니 지금까지 본 중에 가장 아름다운 정원이 눈에 들어왔다. 어서 이 어두운 복도에서 나가서 알록달록한 꽃밭과 시원한 분수 사이를 거닐고 싶은 마음이 굴뚝같았지만 입구에 머리를 넣는 것조차 힘들었다. 가엾은 앨리스가 생각했다. '그리고 머리가 들어간다 해

도 어깨가 못 들어가면 소용없잖아. 망원경처럼 몸을 접을 수 있다면 얼마나 좋을까! 시작하는 방법만 알면 할 수 있을 것 같은데.' 오늘은 워낙 해괴한 일들이 많이 일어난지라, 앨리스는 정말로 불가능한 일은 거의 없다고 생각하게 되었다.

작은 문 옆에서 마냥 기다려 봤자 소용이 없어 보였고, 그래서 앨리스는 다른 열쇠 혹은 사람을 망원경처럼 접는 법에 관한 책이라도 발견하기를 반쯤 기대하며 다시 테이블로 돌아갔다. 그런데 이번에는 거기서 작은 병 하나를 발견했다("분명 전에는 여기 없었는데"라고 앨리스는 말했다). 병목에는 '나를 마셔요'라는 큼지막한 글씨가 예쁘게 인쇄된 종이가 걸려 있었다.

'나를 마셔요'는 참 좋은 말이었지만, 현명한 꼬마 앨리스는 섣불리 그렇게 하지 않을 셈이었다. "아니, 먼저 좀 봐야겠어. '독약'이라고 써 있는지 아닌지." 앨리스는 화상을 입었거나 야생동물에게 잡아먹히는 등 다른 끔찍한 일을 당한 아이들에 대한 이야기를 읽은 적이 있었다. 모두 친구들이 가르쳐 준 간단한 규칙들을 기억하지 못했기 때문에 당한 일이었다. 예를 들어 빨갛게 달궈진 부지깽이를 만지면 화상을 입고, 칼에 손가락을 아주 깊게 베이면 피가 난다는 것 따위였다. 그리고 앨리스는 '독약' 표시가 있는 병에 든 액체를 마시면, 거의 틀림없이 조만간 탈이 난다는 것을 결코 잊지 않았다.

그러나 이 병에는 '독약'이라고 써 있지 않았고, 그래서 앨리스는 조심스럽게 맛을 보았는데 맛이 아주 좋았다(사실 체리 타르트와 커스타드, 파인애플, 구운 칠면조, 토피 사탕, 버터 바른 뜨거운 토스트의 맛이 섞인 것 같았다). 그래서 앨리스는 금세 다 마셔 버렸다.

◇ ◇ ◇

"정말 신기한 기분이야!" 앨리스가 말했다. "몸이 망원경처럼 접히고 있는 것 같아."

정말로 그랬다. 앨리스는 이제 겨우 25센티미터 정도로 몸이 줄어들었다. 앨리스는 드디어 작은 문을 통해 사랑스러운 정원으로 들어갈 수 있게 되었다는 생각에 얼굴이 환해졌다. 그러나 우선 혹시라도 몸이 더 줄어드는지 보기 위해 몇 분 더 기다렸다. 사실 그럴까 봐 조금 긴장이 되었다. 앨리스는 혼잣말을 했다. "이러다가 촛불처럼 아예 꺼져 버릴 수도 있겠어. 그럼 난 어떻게 될까?" 앨리스는 양초가 꺼진 뒤 불꽃이 어떻게 되는지 상상하려 했다. 그런 것을 본 적 있는지 기억나지 않아서였다.

잠시 후 더 이상 아무 일도 일어나지 않는다는 것을 알게 되자, 앨리스는 곧바로 정원으로 들어가기로 결심했다. 하지만 아뿔싸, 가엾은 앨리스! 문 앞까지 갔을 때 앨리스는 작은 황금 열쇠를 깜빡한 것을 깨달았고, 열쇠를 가지러 다시 테이블로 돌아갔을 때 이제는 손이 닿지 않는다는 것을 알게 되었다. 앨리스는 유리를 통해 열쇠를 올려다보며 괴로워했고 테이블 다리로 기어오르려고 최선을 다했지만 너무 미끄러웠다. 그렇게 애를 쓰느라 지쳐서, 가엾은 꼬마 앨리스는 주저앉아 울음을 터뜨렸다.

"이봐, 그렇게 울어 봐야 소용없어!" 앨리스가 조금은 날카롭게 스스로에게 말했다. "충고하는데 당장 그쳐!" 앨리스는 평소에도 스스로에게 좋은 충고를 했고(충고를 좀처럼 따르지는 않지만), 때로는 눈물이 쏙 빠지도록 호되게 스스로를 나무라기도 했다. 한번은 혼자서 했던 크로케 경기에서 스스로를 속였다는 이유로 자기 뺨을 때리려 한 적도 있었다. 이 호기심 많은 꼬마는 두 사람인 척하는 걸 좋아했기 때문이다. 이때를 떠올리며 앨리스는 생각했다. '하지만 이제 두 사람인 척해 봐도 소용없어. 두 사람은커녕 제대로 된 한 사람 만큼도 몸이 남지 않았는걸!'

곧 앨리스의 눈길이 테이블 아래에 있는 작은 유리 상자에 닿았다. 상자를 열어 보니 그 안에는 아주 작은 케이크가 있었다. 케이크 위에는 '나를 먹어요'라는 글씨가 건포도로 예쁘게 써 있었다. "그래, 먹을 거야. 그래서 내가 커지면 열쇠에 손이 닿을 거고, 만일 더 작아지면 문 아래로 기어갈 수 있어. 그러니 어떻게든 정원에 갈 수 있지. 어느 쪽이든 상관없어!"

앨리스는 케이크를 조금 먹고는 어느 쪽인지 느끼기 위해 손을 머리 위에 대고 초조하게 스스로에게 말했다. "어느 쪽이야? 어느 쪽이지?" 그리고 자신이 여전히 똑같은 크기라는 것을 깨닫고 좀 놀랐다. 분명 이건 케이크를 먹을 때 보통 벌어지는 상황이지만, 앨리스는 이미 희귀한 일만을 기대하는 게 습관이 되어서 보통의 방식으로 삶이 펼쳐진다는 것이 참 따분하고 멍청하게 느껴졌다.

그래서 케이크를 마저 먹기 시작했고, 곧 다 먹어 치웠다.

2

눈물의 웅덩이

"올수록 신기하네!" 앨리스가 소리쳤다(원래는 '갈수록 신기하네!'라고 해야 했지만 너무 놀라서 말도 제대로 나오지 않았다). "이제 지금까지 본 중에 제일 큰 망원경처럼 몸이 펼쳐지고 있잖아! 내발들아, 안녕!"(발을 내려다보니 점점 멀어져서 거의 보이지 않을지경이었다.) '어머, 내 가엾은 작은 발. 이제 누가 네 신발이나 스타킹을 신겨 주지? 나는 못할 게 분명해! 너랑 씨름하기에는 내가 너무 멀리 있거든. 그러니 네가 할 수 있는 최선을 다하는 수밖에 없겠어. 하지만 발에게 친절하게 대해야지.' 앨리스는 생각했다. '안 그러면 내 발이 내가 원하는 곳으로 걸으려 하지 않을지 몰라! 어디 보자. 크리스마스 때마다 발에게 새 부츠를 사 줘야겠어.'

앨리스는 이어서 어떻게 새 부츠를 사 줄 수 있을지 계획을

세웠다. "집배원을 통해 보내야겠어. 그런데 자기 발에게 선물을 보내는 게 얼마나 웃겨 보일까! 주소는 또 얼마나 이상할까!

벽난로 앞
양탄자 난로망 옆
앨리스의 오른쪽 발님 귀하
(사랑을 담아 앨리스가)

맙소사! 이게 무슨 말도 안 되는 소리람!"

바로 그때 앨리스의 머리가 복도 천장에 부딪혔다. 사실 앨리스는 3미터가 조금 못 되게 커진 상태였다. 앨리스는 즉시 작은 황금 열쇠를 집어 들고 서둘러 정원 문으로 향했다.

가엾은 앨리스! 앨리스가 할 수 있는 일이라고는 고작 옆으로 누워서 한쪽 눈으로 정원을 들여다보는 것뿐이었다. 문을 통과하는 것은 그 어느 때보다 가망 없는 일이 되었다. 앨리스는 또다시 주저앉아 울기 시작했다.

앨리스가 말했다. "부끄러운 줄 알아. 너처럼 커다란 애가(이렇게 말할 만도 했다) 이렇게 계속 울다니! 좋은 말로 할 때 당장 그쳐!" 하지만 여전히 눈물이 계속 많이 흘렀고, 그러다가 사방

에 깊이 10센티미터가 넘는 큰 물웅덩이가 생겨 복도의 절반이 잠겼다.

잠시 후 멀리서 작은 발소리가 들렸다. 앨리스는 뭐가 오고 있는지 보려고 얼른 눈물을 훔쳤다. 화려하게 차려입은 흰토끼가 돌아오고 있었다. 토끼는 한 손에는 흰색 산양 가죽 장갑을, 다른 한 손에는 커다란 부채를 들고 있었다. 토끼는 혼잣말을 하며 매우 바쁘게 총총거리며 왔다. "아이고! 공작부인, 공작부인! 아이고! 내가 계속 기다리게 하면 노발대발하겠지!" 앨리스는 너무나 절박해서 누구에게든 도움을 요청할 준비가 되어 있었고, 그래서 토끼가 가까이 오자 낮고 작은 목소리로 입을 열었다. "실례지만 선생님." 토끼가 화들짝 놀라 흰색 산양 가죽 장갑과 부채를 떨어뜨리고는 있는 힘껏 달려서 어둠 속으로 사라졌다.

앨리스는 부채와 장갑을 집어 들었다. 복도가 무척 더워서 계속 부채질을 하며 말을 계속했다. "저런, 저런! 오늘은 모든 게 정말 이상하네! 어제는 모든 게 평소와 똑같았는데, 하룻밤 사이에 내가 변한 건가? 생각해 보자. 내가 오늘 아침에 일어났을 때 전과 똑같았나? 떠올려 보니 느낌이 조금 달랐던 것도 같은데. 하지만 내가 같은 사람이 아니라면, 다음 질문은 그렇다면 '대체 나는 누구냐?'는 거야. 어휴, 정말 대단한 수수께끼군!" 앨리스는 자신이 아는 동갑내기 아이들에 대해 생각하기 시작했다. 혹시 자신이 그들 중 누군가로 변했을 수 있는지 보기 위해서였다.

"난 에이더가 아냐. 에이더는 긴 곱슬머리인데 나는 곱슬머리가 전혀 아니잖아." 앨리스는 생각했다. "그리고 내가 메이블일 수는 없다고 확신해. 나는 온갖 것들을 아는데, 메이블은, 음, 아는 게 별로 없잖아! 게다가 걔는 걔고, 나는 나야. 오, 맙소사. 정말 알쏭달쏭하군! 내가 전에 알던 모든 것들을 지금도 아는지 시험해 봐야겠어. 어디 보자. 4 곱하기 5는 12, 4 곱하기 6은 13, 4 곱하기 7은— 아이고! 이런 속도로는 20까지도 못 가겠어. 하지만 구구단은 중요하지 않으니까 지리를 시도해 보자. 런던은 파리의 수도고, 파리는 로마의 수도고, 로마는— 아니, 전부 틀렸어. 확실해! 내가 메이블로 바뀐 게 틀림없어! 「어떻게 작은…」을 외워 봐야겠어." 앨리스는 수업 시간 때처럼 무릎 위에서 두 손을 모아 쥐고 암송하기 시작했지만, 목소리가 쉰 것처럼 이상하게 들렸고 입에서 나오는 말들도 예전과 똑같지 않았다.

"어떻게 작은 악어가♠

빛나는 꼬리를 이용해

나일강의 강물을

금빛 비늘에 구석구석 뿌리는가!

얼마나 명랑하게 웃는 것처럼 보이는가!

얼마나 깔끔하게 발톱을 펼치는가!

그리고 부드럽게 미소 짓는 입으로

작은 물고기를 기쁘게 맞이한다네."

"분명히 틀렸어." 가엾은 앨리스가 말했고, 곧 눈에 눈물이 그

♠ 「어떻게 작은 꿀벌이」(How doth the little busy bee)로도 통하는, 아이작 와츠(Isaac Watts)의 시 「게으름과 장난에 맞서」(Against Idleness and Mischief)를 잘못 외우고 있다. 앨리스가 잘못 외우고 있는 시에 해당하는 내용은 다음과 같다.

어떻게 부지런한 작은 꿀벌이
빛나는 시간을 이용해
활짝 열린 꽃에서
하루 종일 꿀을 모으는가!

얼마나 능숙하게 집을 짓는가!
얼마나 깔끔하게 밀랍을 바르는가!
그리고 애써 따온 달콤한 음식을
잘 보관하려고 열심히 일을 한다네.

렁그렁해져서는 말을 이었다. "결국 난 메이블이 분명하고, 이제 그 비좁은 작은 집에서 살아야 해. 가지고 놀 장난감도 거의 없이. 아이고! 배워야 할 것도 너무 많아! 아니, 난 마음을 정했어. 내가 메이블이라면 차라리 그냥 여기 있겠어! 사람들이 이 아래로 머리를 들이밀고 '다시 올라오렴, 아가'라고 말한다면, 나는 올려다보면서 말할 거야. '그럼 내가 누구예요? 그것부터 말해 주세요. 내가 그 사람인 게 마음에 들면 올라갈 거고, 마음에 들지 않으면 내가 다른 사람이 될 때까지 그냥 여기 있을래요.' 하지만 오, 맙소사!" 앨리스가 갑자기 눈물을 와락 쏟으며 외쳤다. "사람들이 이 아래로 머리를 들이밀어 주면 좋겠어! 여기 혼자 있는 것에 너무 지쳤어!"

앨리스는 이렇게 말하며 손을 내려다보았는데, 자신이 말하는 도중에 토끼의 작은 흰색 산양 가죽 장갑 한 짝을 낀 것을 보고 깜짝 놀랐다. "어떻게 장갑을 낄 수 있었지? 내가 다시 작아진 게 분명해." 앨리스는 일어나서 키를 재기 위해 테이블로 갔다. 예상한 대로, 앨리스의 키는 이제 60센티미터 정도였고 빠르게 줄어들고 있었다. 앨리스는 이렇게 된 것이 손에 쥐고 있는 부채 때문이라는 사실을 깨닫고 몸이 아예 사라져 버리기 직전에 얼른 부채를 놓았다.

"정말 아슬아슬했어!" 앨리스가 갑작스러운 변화에 적잖이 놀랐지만 자신이 여전히 존재한다는 사실에 매우 기뻐하며 말했다. "이제 정원으로 가자!" 앨리스는 다시 작은 문을 향해 전속력으로 달려갔다. 하지만 맙소사! 작은 문은 다시 잠겨 있었고 작

은 황금 열쇠는 전처럼 유리 테이블 위에 있었다. 가엾은 앨리스는 생각했다. '상황이 전보다 안 좋아졌어. 내가 이렇게 작았던 적은 없으니까. 결코! 정말이지 이거 곤란하게 됐는데. 곤란하게 됐어!'

앨리스가 이렇게 말하는 순간 발이 미끄러졌고, 다음 순간 물에 첨벙 빠졌다! 소금물이 턱까지 차 있었다. 처음에는 무슨 영문인지 몰랐지만 아무튼 바다에 빠졌다고 생각했다. "만일 그렇다면 기차로 돌아갈 수 있어." 앨리스가 혼잣말을 했다. (앨리스는 살면서 바닷가에 딱 한 번 가 봐 놓고는, 영국의 해안에 가면 많은 이동식 탈의실과 나무 삽으로 모래를 파헤치는 아이들, 일렬로 늘어선 숙박시설, 그리고 그 뒤로 기차역을 보게 될 거라고 결론 내렸다.) 그런데 곧 자신이 빠진 곳이 다름 아닌 조금 전 3미터로 커졌을 때 자기가 흘린 눈물의 웅덩이라는 사실을 알아차렸다.

"그렇게 많이 울지 말걸!" 앨리스가 빠져나갈 길을 찾아 이리 저리 헤엄치며 말했다. "내가 내 눈물에 빠져 죽는다면 분명 벌 받는 걸 거야! 정말 기묘할 게 분명해! 하지만 오늘은 모든 게 기묘한걸."

바로 그때 자신과 조금 떨어진 곳에서 뭔가가 첨벙거리는 소리가 들렸다. 그게 뭔지 보려고 가까이 헤엄쳐 갔다. 처음에는 바다코끼리나 하마일 거라고 생각했지만 곧 자신이 지금 얼마나 작아졌는지를 떠올렸고, 곧 그것이 자신처럼 미끄러져서 웅덩이에 빠진 생쥐일 뿐이라는 것을 깨달았다.

앨리스는 생각했다. '생쥐에게 말을 걸어 봐야 무슨 소용이 있겠어? 그런데 여기서는 모든 게 괴상하게 돌아가서 꼭 생쥐가 말을 할 수 있을 것만 같단 말이야. 어차피 밑져야 본전이잖아.' 그래서 입을 열었다. "생쥐여, 이 웅덩이에서 빠져나갈 방법을 아니? 여기서 헤엄치는 데 너무 지쳤어! 생쥐여." (이것이 생쥐에게 말하는 적절한 방식이라고 생각했다. 생쥐에게 전에 말해 본 적이 없지만, 오빠의 라틴어 문법에서 본 것을 기억했다. '생쥐가 — 생쥐의 — 생쥐에게 — 생쥐를 — 생쥐여!') 생쥐가 앨리스를 호기심 어린 눈으로 쳐다보았고 작은 눈으로 윙크를 한 것도 같았지만 아무 말도 하지 않았다.

앨리스는 생각했다. '어쩌면 영어를 못 알아듣는 건지도 몰라. 얘는 정복자 윌리엄과 함께 온 프랑스 생쥐인 게 틀림없어.' (앨리스가 가진 역사적 지식에는 얼마나 오래 전에 어떤 일이 벌어졌는지에 대한 분명한 개념이 없었기 때문이다.) 그래서 다시 시작

했다. "우 에 마 샤트?"♠ 자신의 프랑스어 교과서에 나온 첫 번째 문장이었다. 생쥐는 갑자기 물 위로 튀어 올랐고, 공포에 온몸을 떠는 것처럼 보였다. "어머나, 미안해!" 앨리스가 그 가엾은 동물을 어떻게 했을까 걱정하며 황급히 외쳤다. "네가 고양이를 안 좋아한다는 걸 깜빡했어."

"고양이를 안 좋아한다고?!" 생쥐가 날카롭고 흥분한 목소리로 소리쳤다. "네가 나라면 고양이를 좋아하겠니?"

"음, 아니겠지." 앨리스가 구슬리며 말했다. "너무 화내지 마. 하지만 너에게 우리 집 고양이 다이나를 보여 줄 수 있으면 좋을 텐데. 내 생각엔 다이나를 보면 너도 고양이를 좋아하게 될 거야. 정말 사랑스럽고 조용한 애거든." 앨리스는 웅덩이에서 한

♠ Où est ma chatte? 내 고양이가 어디 있지?

가로이 헤엄치며 반쯤은 혼잣말로 계속 말했다. "난롯가에서 앞발을 핥고 세수를 하면서 너무도 착하게 가르랑거리며 앉아 있지. 끌어안으면 얼마나 부드럽고 좋은지 몰라. 게다가 쥐는 또 얼마나 잘 잡게. 어머, 미안해!" 앨리스가 또 다시 외쳤다. 이번에는 생쥐가 온몸에 털을 곤두세우고 있었고, 앨리스는 생쥐를 정말로 언짢게 했다고 확신했다. "네가 하고 싶지 않으면, 우리는 이 얘기를 더 하지 않아도 돼."

"설마, 우리라고?!" 생쥐가 꼬리 끝까지 몸을 떨면서 소리쳤다. "마치 나도 그 주제에 대해 얘기하려는 것처럼 말하네! 우리 가족은 항상 고양이를 싫어했어. 불쾌하고 천하고 상스러운 것들이야! 내 앞에서 다시는 그 이름을 꺼내지도 마!"

"정말 안 그럴게!" 앨리스가 다급하게 말하며 화제를 바꾸려 했다. "혹시… 혹시 강아지는 좋아해?" 생쥐는 대답하지 않았고, 그러자 앨리스가 신이 나서 계속 말했다. "우리 집 근처에 너에게 보여 주고 싶은 멋진 강아지가 하나 있어! 길고 곱슬곱슬한 갈색 털이 나있고 눈이 반짝반짝한 작은 테리어야! 걔는 뭐든 던져 주면 잡아 내곤 해. 그리고 똑바로 앉아서 먹을 걸 달라고 사정하지. 다른 멋진 점들도 많은데, 절반도 기억이 안나. 그 강아지는 농부 아저씨 건데, 아주 유용하댔어. 글쎄 값이 100파운드는 나간대! 그리고 쥐를 몽땅 잡는대 — 어머, 맙소사!" 앨리스가 슬픈 목소리로 외쳤다. "내가 또 널 언짢게 했나 봐!" 생쥐는 있는 힘껏 헤엄쳐 앨리스에게서 멀어지려 하고 있었다.

앨리스는 부드럽게 생쥐를 불렀다. "저기, 생쥐야! 돌아와. 네가 싫다면 고양이와 강아지 얘기는 안 할게!" 생쥐가 이 말을 듣고 한 바퀴 돌아서 천천히 앨리스에게 다시 헤엄쳐 왔다. 얼굴이 꽤 창백해 보였다(화가 나서 그렇다고 앨리스는 생각했다). 생쥐는 떨리는 낮은 목소리로 말했다. "물에서 빠져나가자. 그럼 내 이야기를 들려줄게. 그럼 내가 고양이와 강아지를 왜 싫어하는지 너도 이해하게 될 거야."

이제 나갈 시간이었다. 웅덩이는 그곳에 빠진 날짐승과 길짐승들로 점점 혼잡해지고 있었다. 오리와 도도새, 앵무새와 새끼 독수리, 그리고 다른 몇 종의 이상한 짐승들이 있었다. 앨리스는 일행을 모두 이끌고 웅덩이 밖으로 빠져나갔다.

3

코커스 경주와 긴 이야기

둑 위에 모인 일행은 정말로 이상해 보였다. 깃털이 더러워진 날짐승들과 털이 착 달라붙은 길짐승들. 모두들 흠뻑 젖어서 몸에서 물이 뚝뚝 떨어졌고, 짜증나고 불편해 보였다.

물론 가장 시급한 문제는 '어떻게 몸을 말릴 것이냐'였다. 그들은 이 문제에 대해 토론했고, 몇 분 후에 앨리스는 그들과 익숙하게 이야기하는 게 꽤 자연스럽게 느껴졌다. 마치 평생 알고 지낸 사이 같았다. 사실 앵무새와 꽤 오랫동안 언쟁을 벌였는데 마침내 앵무새는 뾰로통해져서 "내가 너보다 나이가 많으니까 더 잘 알아"라고만 말했고, 앨리스는 나이가 몇 살인지 알려 주지 않으면 인정할 수 없다고 했다. 그런데 앵무새가 나이를 절대 말하지 않자 더는 할 말이 없었다.

마침내 그중 권위 있는 인물로 보이는 생쥐가 소리쳤다. "모두들 앉아서 제 말 들으세요! 내가 몸을 충분히 마르게 해 줄 테니까!" 그들은 생쥐를 중심으로 동시에 둥그렇게 둘러앉았다. 앨리스는 빨리 몸을 말리지 않으면 심한 감기에 걸릴 것 같아서 초조하게 생쥐에게 눈을 고정했다.

"에헴! 모두 준비 됐나요?" 생쥐가 젠체하며 말했다. "모두들 조용하세요. 이건 내가 아는 가장 건조한 이야기입니다. 교황에게 명분을 인정받은 정복자 윌리엄에게 잉글랜드 사람들은 곧 복종하게 됩니다. 그들은 지도자를 원했고 그동안 강탈과 정복에 매우 익숙해졌기 때문이지요. 머시아와 노섬브리아의 백작 에드윈과 모르카는 —"

"웩!" 앵무새가 몸을 떨며 말했다.

"실례지만 지금 무슨 말을 하셨나요?" 생쥐가 인상을 찌푸리며, 그러나 매우 정중하게 말했다.

"아뇨!" 앵무새가 얼른 말했다.

"난 또 무슨 말씀을 하신 줄 알았습니다." 생쥐가 말했다. "계속하겠습니다. 머시아와 노섬브리아의 백작 에드윈과 모르카는 윌리엄에 대한 지지를 선언했고, 캔터베리의 애국적인 대주교 스티간드마저 그것이 바람직하다고 생각했고 —"

"뭘 찾았다고요?"♠ 오리가 말했다.

♠ 생쥐와 오리는 동사 'find'를 두 가지 다른 뜻('생각하다'와 '찾다')으로 해석하고 서로 동문서답을 하고 있다.

"그것이 바람직하다고 생각했다고요. '그것'이 뭘 의미하는지는 아시겠죠." 생쥐가 짜증난 목소리로 대답했다.

"'그것'이 뭘 의미하는지는 충분히 알죠. 내가 뭔가를 찾으면, 그건 대체로 개구리나 벌레예요. 제 질문은 이겁니다. 대주교가 뭘 찾은 거죠?" 오리가 말했다.

생쥐는 이 질문을 무시하고 얼른 이야기를 계속했다. "에드거 에텔링이 윌리엄을 만나서 왕관을 바치는 게 바람직하다고 생각했습니다. 처음에는 윌리엄이 온건하게 행동했습니다. 그러나 노르만족 백성들의 무례함이 ─ 그런데 넌 이제 좀 어때?" 생쥐가 앨리스를 보며 말했다.

"아까하고 똑같이 축축해. 전혀 몸이 마르지 않을 것 같아." 앨리스가 우울한 목소리로 말했다.

그때 도도새가 일어서서 엄숙하게 말했다. "그렇다면 제가 이 회의를 중단하고 좀 더 활기찬 방법을 시도하 ─ "

"알아듣게 말해요! 말이 너무 길어서 뭔 말인지 반도 못 알아듣겠어요. 게다가 그 이야기를 하는 당신도 뭔 말인지 모르는 것 같고요!" 새끼 독수리가 말했다. 새끼 독수리는 고개를 숙여 미소를 감추었다. 다른 새들은 소리 나게 킥킥거렸다.

도도새가 언짢은 말투로 말했다. "제가 말하려는 건 우리가 몸을 말릴 수 있는 최선의 방법은 코커스 경주라는 겁니다."

"코커스 경주가 뭔데요?" 앨리스가 말했다. 크게 궁금해서 물은 건 아니었는데, 도도새는 누군가 말해 줘야 한다고 생각하는 것처럼 잠시 말을 멈췄고, 나머지 일행은 아무 말도 하고 싶은 마음이 없어 보였다.

그러자 도도새가 말했다. "글쎄, 그것을 설명하는 가장 좋은 방법은 직접 해 보는 겁니다." (혹시 어느 겨울날 그것을 직접 해 보고 싶을지 모르니, 도도새가 어떻게 했는지 알려 주겠다.)

우선 도도새는 일종의 원 모양으로 경주 코스를 표시했다('정확한 형태는 중요하지 않아요'라고 도도새는 말했다). 그런 다음 일행 전체가 코스에 여기저기 배치되었다. '하나, 둘, 셋, 출발' 같은 건 없었고, 모두 출발하고 싶을 때 달리기 시작해서 그만두고 싶을 때 그만두었다. 그래서 경주가 언제 끝났는지 알기가 쉽지 않았다. 그러나 반 시간 정도 뛰고 몸이 제법 말랐을 때, 도도새가 갑자기 '경기 종료!'라고 외쳤고, 모두들 그 주위로 둥그렇게 모여 숨을 헐떡이며 물었다. "그런데 승자가 누구죠?"

이것은 도도새가 깊이 생각하지 않고서는 대답할 수 없는 질문이었고, 그래서 나머지 일행이 조용히 기다리는 동안 도도새는 손가락을 이마에 대고 (셰익스피어를 그린 그림에서 흔히 보는 자세로) 한참 동안 앉아 있었다. 마침내 도도새가 말했다. "모두가 승자고, 모두가 상을 받아야 합니다."

"하지만 누가 상을 주나요?" 목소리들이 합창하듯 이구동성으로 물었다.

"음, 그야 물론 저 아이죠." 도도새가 손가락으로 가리키며 말했고, 일행 전체가 앨리스 주변에 모여 소란스럽게 소리쳤다. "상 줘! 상 줘!"

앨리스는 어떻게 해야 할지 몰라서 절박하게 손을 주머니에

넣었다. 그리고 거기서 사탕 상자를 꺼내 (다행히 소금물이 스며들지 않았다) 상으로 모두에게 돌렸다. 정확히 한 개씩 돌아갔다.

"하지만 얘도 상을 받아야 하잖아요." 생쥐가 말했다.

"물론이죠." 도도새가 자못 진지하게 대답했다. "주머니에 또 뭐가 있는데?" 그가 앨리스를 보며 말했다.

"골무 하나뿐이야." 앨리스가 슬프게 말했다.

"그걸 이리 줘." 도도새가 말했다.

그러자 모두들 한 번 더 앨리스 주변으로 모였고, 도도새는 경건하게 골무를 건네며 말했다. "우리는 귀하가 우아한 골무를 받아 주기를 바랍니다." 이 짧은 말이 끝나자, 모두 환호했다.

앨리스는 이 모든 게 아주 우스꽝스럽다고 생각했지만, 다들 모두 진지해 보였기 때문에 웃을 엄두가 나지 않았고, 마땅히 할

말이 생각나지 않아서 그냥 고개 숙여 인사하며 최대한 경건해 보이는 모습으로 골무를 받았다.

다음으로 할 일은 사탕을 먹는 거였다. 사탕을 먹는 동안 한바탕 소란이 있었다. 큰 새들은 사탕이 너무 작아서 맛도 제대로 못 보겠다고 불평하는가 하면, 작은 동물들은 목에 걸려 캑캑거리는 바람에 등을 두드려 줘야 했다. 그러나 마침내 상황이 종료되고 다시 둥글게 앉아 생쥐에게 얘기를 더 해달라고 졸랐다.

앨리스가 말했다. "네 얘기를 해주겠다고 약속했잖아." 그런 뒤 혹시 또 기분을 언짢게 할까봐 조심스럽게 속삭였다. "왜 네가 '고'랑 '강'을 싫어하는지 말이야."

"내 얘기는 길고 슬픈 이야기야."

"분명 긴 꼬리인 건 맞아."♠ 앨리스가 생쥐의 꼬리를 내려다보며 말했다. "하지만 왜 꼬리를 슬프다고 말한 거지?" 그리고 생쥐가 말하는 동안 계속 골똘히 생각했다. 꼬리에 대한 앨리스의 생각은 이런 식이었다.

> "사나운 개 퓨리가
> 집에서 만난
> 생쥐에게 말했어.
> '법으로

♠ tale(이야기)를 tail(꼬리)로 잘못 알아듣고 동문서답을 하고 있다.

해결하자.

　난 너를

　　고소할 거야.

　　　거부는 받아들이지

　　　　않을 거야.

　　　우린 재판을

　　해야 해.

　난 사실

오늘 아침은

내가 할 일이 없어.'

　생쥐가

　　그 성질 사나운 똥개에게

　　말했어.

　　　'개 선생,

　　판사도

　　배심원도 없는

　그런 재판을

하면

　우리 입만

　　아플 거예요.'

　　　교활한

　　　　늙은 퓨리가

　　말했어.

'내가 판사고,

　내가 배심원이야,

내가 혼자

　재판을 다하고

　　너에게

　사형을

선고하겠어.'"

"넌 도통 경청하지 않는구나!" 생쥐가 앨리스에게 엄격하게 말했다. "대체 무슨 생각을 하는 거야?"

"아이고 용서해 줘. 다섯 번째 구절까지 간 것 같은데, 맞을까?" 앨리스가 아주 공손하게 말했다.

"아니!" 생쥐가 날카롭게 성을 내며 소리쳤다.

"아, 매듭!"♠ 항상 누군가를 도와줄 준비가 되어 있는 앨리스가 주위를 둘러보며 말했! "내가 매듭 푸는 걸 도와줄게."

"난 그런 말은 한 적이 없어." 생쥐가 일어나서 멀어지며 말했다. "넌 그런 말도 안 되는 말로 나를 모욕했어!"

"그럴 생각은 아니었어!" 앨리스가 애원했다. "그런데 있잖아. 넌 너무 잘 언짢아하는 것 같아!"

생쥐는 으르렁거림으로 답할 뿐이었다.

♠ Not(아니다)과 발음이 비슷한 knot(매듭)으로 잘못 알아듣고 동문서답하고 있다.

"이리로 돌아와서 이야기를 마저 해 줘!" 앨리스가 뒤에서 생쥐를 불렀고, 나머지 일행도 이구동성으로 동참했다. "맞아, 그래 줘!" 하지만 생쥐는 짜증스럽게 고개를 흔들 뿐이었고 오히려 더 빨리 떠나갔다.

"생쥐가 떠나다니 정말 애석한 일이야!" 생쥐가 시야에서 사라지자마자 앵무새가 한숨지었고, 늙은 게가 이 기회를 놓치지 않고 딸에게 말했다. "아, 얘야, 이걸 교훈으로 삼아서 넌 절대 욱하고 화를 내지 마라!" "엄마, 입 좀 다물어요!" 어린 게가 조금 퉁명스럽게 말했다. "엄마는 굴의 인내심을 시험할 정도로 지긋지긋하다고요!"

"여기 다이나가 있으면 좋을 텐데. 정말이야!" 앨리스가 특정한 대상 없이 큰 소리로 말했다. "다이나라면 얼른 가서 생쥐를 물어올 텐데!"

"혹시 물어봐도 될지 모르지만, 다이나가 누구야?" 앵무새가 말했다.

항상 자기 고양이에 대해 말할 준비가 되어 있는 앨리스가 신이 나서 말했다.

"다이나는 우리 집 고양이야. 걔는 생쥐를 기가 막히게 잘 잡아! 넌 상상도 못 할 거야! 다들 다이나가 새들을 쫓아다니는 걸 보면 좋을 텐데! 작은 새는 보자마자 잡아먹을걸?"

이 말이 일행들 사이에 놀랄 만한 충격을 일으켰다. 새들 몇몇이 동시에 허둥지둥 자리를 떴다. 늙은 까치가 아주 조심스럽게 날개로 몸을 감싸며 말했다. "이제 정말 집에 가 봐야겠어. 밤공기는 목에 안 좋아!" 카나리아도 떨리는 목소리로 아이들을 부르며 말했다. "애들아, 어서 가자! 모두 잠자리에 들 시간이야!" 그들은 갖은 구실을 대며 떠났고, 앨리스는 다시 혼자 남겨졌다.

"다이나 얘기는 꺼내지 말걸!" 앨리스는 우울한 목소리로 혼잣말을 했다. "여기서는 누구도 다이나를 좋아하지 않는 것 같아. 난 다이나가 세상에서 최고의 고양이라고 확신해! 아, 우리 다이나! 이제 널 다시 볼 수 있을지 모르겠구나!" 가엾은 앨리스는 너무도 외로웠고 잔뜩 풀이 죽어서 다시 울기 시작했다. 그런데 잠시 후에 멀리서 또 다시 작은 발자국 소리가 들렸고, 앨리스는 혹시 생쥐가 마음이 바뀌어서 이야기를 마저 해 주러 돌아오는 게 아닐까 반쯤 기대하며 간절하게 고개를 들었다.

4

토끼, 작은 빌을 보내다

그것은 총총걸음으로 천천히 돌아오고 있는 흰토끼였다. 토끼는 걸으면서 마치 뭔가를 잃어버린 듯 초조하게 주변을 둘러보았고, 앨리스는 토끼가 중얼거리는 소리를 들을 수 있었다. "공작부인! 공작부인! 아이고 내 발! 아이고 내 털, 내 수염! 공작부인이 날 처형할 거야. 흰담비가 흰담비인 것만큼이나 분명해! 도대체 어디에 떨어뜨린 거지?" 앨리스는 곧 토끼가 찾는 게 부채와 흰색 산양 가죽 장갑이라고 짐작했고, 선의로 그것들을 찾기 시작했지만 어디서도 보이지 않았다. 웅덩이에서 헤엄친 이후 모든 게 변한 것처럼 보였고, 유리 테이블과 작은 문이 있던 큰 복도는 흔적도 없이 사라졌다.

토끼는 물건을 찾아다니는 앨리스를 발견하고는 화난 목소리로 불렀다. "이런, 메리 앤, 대체 여기서 뭐하는 거야? 당장 집으로 달려가서 장갑과 부채를 가져와! 어서!" 앨리스는 잔뜩 겁먹어서 토끼가 착각한 것을 설명하지도 않고 토끼가 가리키는 방향으로 즉시 뛰었다.

"토끼가 나를 하녀로 착각한 것 같아." 앨리스는 달리면서 혼잣말을 했다. "내가 누군지 알면 토끼가 얼마나 놀랄까! 하지만 내가 부채와 장갑을 가져다주는 게 좋겠어. 찾을 수 있다면 말이야." 그렇게 말하는 순간 앨리스는 깔끔한 작은 집을 발견했는데, 문에는 반짝이는 황동 명패에 '흰토끼'라고 새겨져 있었다. 앨리스는 노크도 없이 안으로 들어갔고, 부채와 장갑을 찾기도 전에 진짜 메리 앤을 만나서 쫓겨날까 봐 걱정하며 허둥지둥 이층으로 올라갔다.

"토끼의 심부름을 하다니 정말 이상하네! 이러다가 다음에는 다이나가 나를 심부름 보내겠어!" 앨리스는 이렇게 말하고는 어떤 일이 일어날지 상상하기 시작했다. "'앨리스 양! 곧장 이리로 와서 산책 갈 준비를 하세요!' '곧 가요, 아줌마. 하지만 난 쥐가 못 나오게 지켜봐야 할 것 같네요.' 다이나가 이렇게 사람들에게 명령하기 시작하면 아무도 못 말릴 거야!"

이 무렵 앨리스는 창가에 테이블이 있는 작고 말끔한 방으로 들어가는 길을 찾았는데, 테이블 위에 (바라던 대로) 부채 하나와 작고 흰 산양 가죽 장갑 두세 켤레가 있었다. 부채와 장갑 한 켤레를 집어 들고 방에서 나가려는 순간 거울 옆에 놓여 있는 작은 병에 눈길이 닿았다. 이번에는 '나를 마셔요'가 쓰인 라벨이 없었지만, 앨리스는 코르크를 열고 병을 입으로 가져갔다.

"내가 뭔가를 먹거나 마실 때마다 틀림없이 흥미로운 일이 벌어지는 거야. 분명해. 그러니까 이 병이 어떤 일을 하는지 봐야겠어. 이게 나를 다시 커지게 하면 좋겠어. 이렇게 작은 상태로 지내는 것에 지쳤어!"

그런데 정말 그렇게 되었다. 그것도 앨리스가 예상한 것보다 훨씬 빨리. 병에 든 음료를 절반도 마시기 전에, 앨리스는 자신의 머리가 천장을 누르고 있는 것을 깨달았고 목이 꺾이지 않게 하기 위해 몸을 구부려야 했다. 앨리스는 얼른 병을 내려놓고 혼잣말을 했다. "이 정도면 충분해. 더 커지지는 않으면 좋겠어. 지금도 문밖으로 나갈 수가 없잖아. 그렇게 많이 마시지 말걸!"

아뿔싸! 후회하기엔 너무 늦었다! 앨리스는 계속 커지고 커져서 곧 바닥에 무릎을 꿇어야 했고, 다음 순간 그럴 공간조차 없어서 한쪽 팔꿈치를 문에 대고 다른 팔로 둥글게 머리를 감싸며 눕는 듯한 자세를 해야 했다. 그래도 몸이 계속 커지자, 마지막 수단으로 한쪽 팔을 창밖으로 빼고 다리 한쪽을 굴뚝으로 뻗으며 혼잣말을 했다. "무슨 일이 있어도 더 이상은 못해. 이제 난 어떻게 되는 거지?"

다행히도 작은 마법의 병이 이제 효력을 다했는지 더 이상 커지지는 않았다. 그러나 여전히 몹시 불편한 데다 다시 방을 빠져나갈 가능성 같은 건 없어 보였기 때문에 당연히 불행한 기분이 들었다.

가엾은 앨리스는 생각했다. "집에 있을 때가 훨씬 좋았던 것 같아. 그때는 이렇게 커졌다가 작아졌다가 하고 생쥐와 토끼한테 이래라저래라 명령이나 듣지는 않았는데. 토끼 굴로 내려오지 말걸 그랬다는 생각까지 들어… 하지만… 하지만… 좀 신기하잖아. 이런 종류의 삶 말이야! 나한테 어떤 일이 일어날 수 있는지 정말 궁금해. 예전에 동화책을 읽을 때 이런 일은 절대 일어나지 않는다고 생각했는데, 지금 여기서 내가 그런 상황에 빠져 있잖아! 나에 대해 쓴 책이 있어야 해, 정말로! 나중에 내가 다 자라면 쓸 거야… 하지만 난 이제 다 자랐는데." 앨리스가 서글픈 목소리로 덧붙였다. "적어도 여기서는 더 자랄 공간이 없어."

"하지만 그럼 내가 지금보다 나이가 들지 않게 될까? 그렇다면 한편으로는 안심이야. 할머니가 될 일이 없을 테니까. 하지만 그러면 언제까지나 수업을 들어야 하잖아! 그건 싫은데!"

"어휴, 바보 같은 앨리스." 앨리스는 자기 말에 말대꾸를 했다. "여기서 어떻게 수업을 들을 수 있겠니? 여긴 너 하나 있기에도 버거운 곳인데 교과서 따위를 둘 공간이 어디 있다고!"

혼자 한쪽 역할을 했다가 다른 쪽 역할을 하며 주거니 받거니 말을 이어가던 앨리스는 몇 분 뒤 밖에서 들려오는 어떤 목소리에 대화를 중단하고 귀를 기울였다.

"메리 앤! 메리 앤!" 목소리가 말했다. "당장 장갑을 가져와!" 곧이어 계단을 오르는 작은 발자국 소리가 났다. 앨리스는 그것이 자신을 찾으러 오는 토끼임을 직감했고, 자신의 몸이 이제 토끼보다 천 배는 더 커져서 토끼를 두려워할 이유가 없는데도 그 사실을 망각하고 집이 흔들리도록 몸을 떨었다.

토끼가 문을 밀어 열려고 했으나, 앨리스가 팔꿈치로 문을 누르고 있는 탓에 열리지 않았다. 앨리스는 토끼가 혼잣말 하는 걸 들었다. "그렇다면 돌아가서 창문으로 들어가야겠어."

'그렇게는 못 할걸!' 앨리스는 생각했다. 그리고 잠시 기다렸다가 토끼가 창문 바로 앞까지 온 소리를 듣고는 갑자기 손을 펼쳐 허공에서 움켜쥐었다. 아무것도 잡히지 않았지만, 작은 비명과 넘어지는 소리, 유리창 깨지는 소리가 들렸다. 앨리스는 그 소리를 듣고 그저 토끼가 오이 키우는 온실 상자♠ 따위 위로 넘어졌겠거니 결론 내렸다.

다음 순간 토끼의 화난 목소리가 들렸다. "팻! 팻! 어디 있나?"

♠ 19세기 영국에서는 오이 재배가 쉽지 않아 오이가 귀한 식재료였고 유리 온실이나 그보다 작은 온실 상자에서 재배했다고 한다.

　그때 처음 듣는 목소리가 들렸다. "예, 여기 있습니다, 나리!
사과를 캐고 있습니다!"

　"설마, 사과를 캐다니!" 토끼가 화난 목소리로 말했다. "이리로
와서 여기서 나가게 도와줘!" (또 유리창 깨지는 소리가 났다.)

　"팻, 창에 있는 게 뭔지 말해 보게."

　"예, 팔입니다, 나리!" (팔을 '파아알'이라고 발음했다.)

　"팔이라고? 이 멍청아! 세상에 저만한 팔이 어디 있어? 창문
전체에 꽉 찼잖아!"

　"예, 맞습니다, 나리. 하지만 그래도 여전히 팔인걸요."

"어쨌든 그게 저기 있을 이유가 없으니, 가서 치워 버리게!"

이후에 긴 침묵이 뒤따랐고 속삭임만 이따금 들렸다. 예를 들어 "물론 하고 싶지 않습니다, 나리. 절대, 절대로요!" "내 말대로 해, 이 겁쟁이야!" 따위였다. 그리고 마침내 앨리스는 손을 다시 펼쳐서 또 한번 움켜쥐었다. 이번에는 두 개의 작은 비명 소리와 유리 깨지는 소리가 또 들렸다. '대체 오이 온실 상자가 몇 개나 있는 거야!' 앨리스가 생각했다. '다음에는 저들이 뭘 할까! 나를 창밖으로 끌어낸다면, 나야 그럴 수 있기만 바랄 뿐이지. 절대 여기 더 오래 있고 싶진 않으니까!'

앨리스는 한동안 아무 소리도 듣지 못하고 기다렸다. 마침내 작은 수레바퀴가 덜컹대는 소리와 서로 이야기를 나누는 여러 목소리가 들렸다. "다른 사다리는 어디 있지?"

"음, 저는 하나밖에 안 가져왔는데요. 다른 하나는 빌이 가지고 있습니다." "빌, 이리로 가져와. 여기, 이 구석에 놔." "아니, 먼저 두 개를 연결해야지." "아직 절반에도 미치지 못해." "아! 이제 충분할 것 같군." "여기야, 빌! 이 밧줄을 잡아." "지붕이 버텨 줄까?" "느슨한 기와를 조심해. 이런, 떨어지고 있군! 머리 숙여!" (와장창 소리) "누가 그랬지?" "빌인 것 같습니다." "누가 굴뚝에 올라갈 건가?" "전, 못합니다! 네가 해!" "그건 나도 못해!" "그럼 빌이 내려가야지." "이봐 빌! 주인님께서 너더러 굴뚝으로 내려가래!"

"아! 그러니까 빌이 굴뚝으로 내려온다는 거군?" 앨리스가 혼잣말을 했다. "겁쟁이들. 다들 모든 걸 빌에게 떠넘기네! 무슨 일이 있어도 빌의 입장이 되고 싶지 않아. 그런데 분명 이 벽난로가 비좁긴 하지만, 조금은 걷어찰 수 있을 것 같은데!"

앨리스는 굴뚝으로 뻗었던 발을 최대한 아래로 당기고는 작은 동물(어떤 종류인지는 추측할 수 없었다)이 바로 위의 굴뚝에서 부스럭거리며 내려오는 소리가 들릴 때까지 기다렸다. 그리고 그때 "이게 빌이군"이라고 혼잣말을 하며 강하게 한번 걷어찬 뒤 다음에 무슨 일이 일어나는지 보려고 기다렸다.

처음 들은 소리는 "저기 빌이 간다!"라는 이구동성이었다. 그런 다음 토끼의 목소리가 뒤따랐다. "빌을 잡아. 거기 울타리 옆에 있는 너 말이야!" 그런 다음 조용해지더니 목소리들이 또 한바탕 야단법석을 벌였다. "빌의 머리 좀 받쳐…. 이제 브랜디를 먹여…. 목이 막히게 하지 말고…. 여보게, 어땠나? 무슨 일이 있었던 거야? 말 좀 해 보게!"

마지막으로 작고 힘없는 앵앵거리는 목소리가 들렸다('저게 빌이군.' 앨리스가 생각했다). 음. 잘 모르겠어요. 그만 마실래요, 고마워요. 이제 좀 나아졌어요. 하지만 너무 황당해서 말씀드릴 수 없어요. 제가 기억하는 거라곤 뭔가가 깜짝 장난감 상자처럼 저를 향해 튀어나왔고, 제가 로켓처럼 솟아오른 것뿐이에요!"

"그랬군!" 다른 목소리들이 말했다.

"집을 불태워야겠어!" 토끼의 목소리가

말했고, 앨리스는 최대한 큰 목소리로 외쳤다. "그러면 다이나가 너희를 공격하게 할 거야!"

즉시 쥐 죽은 듯한 정적이 흘렀고, 앨리스는 생각했다 '쟤들이 다음에 뭘 할까? 쟤들에게 지각이라는 게 있다면 지붕을 떼어 낼 텐데.' 잠시 후에 그들이 다시 움직이기 시작했고, 앨리스는 토끼가 "일단 손수레 한 대분으로 시작하지"라고 말하는 소리를 들었다.

'무슨 손수레 한 대분?' 앨리스는 생각했지만 궁금증은 오래 가지 않았다. 다음 순간 작은 조약돌이 창문으로 달그락거리며 쏟아져 들어왔기 때문이다. 앨리스는 그 중 몇 개에 얼굴을 맞았다. "이걸 멈추게 해야겠어." 앨리스가 혼잣말을 한 뒤 소리쳤다. "다시 이러지 않는 게 좋을 거야!" 그러자 또 한 차례 쥐 죽은 듯한 정적이 흘렀다.

앨리스는 놀랍게도 조약돌이 바닥에 떨어지면서 모두 작은 케이크로 변하는 것을 알아차렸다. 그 순간 묘안이 머리에 떠올랐다.

"이 케이크를 먹으면 내 몸 크기가 어떻게든 변할 게 분명해. 더 이상 커질 수는 없을 테니 틀림없이 작아질 거야."

앨리스가 케이크 하나를 삼키고는 몸이 즉시 줄어들기 시작하는 것을 확인하고 기뻐했다. 그리고 문을 빠져나갈 만큼 작아지자마자 집 밖으로 도망쳤고, 밖에서 기다리고 있는 한 무리의 작은 동물과 새들을 발견했다. 가엾은 작은 도마뱀 빌이 가운데 있고 양쪽에서 두 마리의 기니피그가 그를 부축하며 병에 든 뭔가를 먹이고 있었다. 앨리스가 나타난 순간 모두들 앨리스를 향해 돌진했지만, 앨리스는 있는 힘껏 달아났고 곧 울창한 숲속에 안전하게 들어왔다.

"우선 다시 원래 크기로 커져야겠어." 앨리스는 숲을 돌아다니며 혼잣말을 했다. "두 번째로 할 일은 그 사랑스러운 정원으로 들어갈 방법을 찾는 거지. 그게 최선의 계획일 것 같아."

의심의 여지 없이 매우 깔끔하고 단순하게 정리된 훌륭한 계획처럼 보였다. 유일한 난관은 어떻게 계획 실행에 착수해야 할지 조금도 모른다는 거였다. 초조한 눈으로 나무들 사이를 이리저리 엿보는 동안, 머리 위에서 날카롭게 짖는 소리가 들려 앨리스는 황급히 위를 올려다보았다.

거대한 강아지 한 마리가 크고 동그란 눈으로 자신을 내려다보며 힘없이 한 발을 뻗어 만지려 하고 있었다. "가엾은 작은 것아!" 앨리스는 달래는 목소리로 말하고는 힘껏 휘파람을 불려했다. 그러나 그러면서도 혹시 강아지가 굶주렸을지도 모르고 그러면 아무리 달래도 결국 자신을 잡아먹을 가능성이 매우 크다는 생각 때문에 줄곧 두려움에 떨었다.

엉겁결에 앨리스는 작은 나뭇가지 하나를 주워 강아지에게 내밀었다. 그랬더니 강아지는 좋아서 짖어 대며 네 발이 동시에 공중으로 뜨도록 펄쩍 뛰어올랐고, 나뭇가지를 향해 돌진하여 그것을 물고 흔들려는 것처럼 행동했다. 그러자 앨리스는 강아지가 덮치지 못하도록 커다란 엉겅퀴 뒤로 숨었다. 앨리스가 반대쪽에 나타난 순간, 강아지가 또 한 번 나뭇가지로 돌진하여 재

주를 넘으며 그것을 잡으려 했다. 그러자 앨리스는 이 상황이 마치 짐마차를 끄는 말과 경기를 하는 것과 같다고 생각했고, 매순간 발에 밟힐 것을 걱정하다가 다시 엉겅퀴 뒤로 달아났다. 그러자 강아지는 나뭇가지를 향해 몇 차례 연속으로 돌격하기 시작했는데, 매번 아주 조금 앞으로 달려 나왔다가 한참 뒤로 물러나기를 반복했고 그러는 내내 쉰 목소리로 짖어 댔다. 그러다가 결국 멀찌감치 주저앉아 혀를 빼고 커다란 눈을 반쯤 감은 채 헐떡였다.

이때가 달아날 절호의 기회로 보였고, 그래서 앨리스는 즉시 내달리기 시작했다. 지치고 숨이 찰 때까지, 그리고 강아지의 짖는 소리가 멀리서 희미하게 들릴 때까지 계속 달렸다.

"하지만 정말 사랑스러운 강아지였어!" 앨리스는 미나리아재

비에 몸을 기대고 쉬면서 그 이파리로 부채질을 했다. "강아지에게 이런저런 재주를 가르쳐 줬어야 하는 건데. 내가 만약… 만약 그렇게 할 만한 크기였다면 말이야! 오, 맙소사! 내가 다시 커져야 한다는 걸 잊을 뻔했네! 가만 있자, 어떻게 커질 수 있지? 뭔가를 먹거나 마셔야 할 것 같은데. 하지만 중요한 문제는 그게 뭐냐는 거야."

중요한 질문은 분명 '그게 뭐냐?'였다. 앨리스는 꽃과 풀잎을 둘러보았지만, 그런 상황에서 먹거나 마시기에 적합해 보이는 것은 없어 보였다. 근처에는 키가 앨리스만 한 커다란 버섯이 자라고 있었고, 버섯의 아래와 양옆, 뒤를 보다가, 제일 윗부분도 살펴보는 게 좋겠다는 생각이 들었다.

앨리스는 까치발을 하고 몸을 위로 뻗어 버섯 갓의 가장자리 너머를 엿보았고, 그 즉시 커다란 애벌레와 눈이 마주쳤다. 애벌레는 위에서 팔짱을 낀 채 긴 물담뱃대로 담배를 피우며 조용히 앉아 있었는데, 앨리스도, 다른 어떤 것도 전혀 신경 쓰지 않는 것 같았다.

5

애벌레의 충고

애벌레와 앨리스는 한동안 말없이 서로를 쳐다봤다. 마침내 애벌레가 입에서 담뱃대를 떼며 권태롭고 졸린 목소리로 말했다.

"자네는 누구인가?"

원활한 대화를 시작하기에 적절한 말은 아니었다. 앨리스는 다소 주춤거리며 말했다. "저는… 저는 지금은 잘 모르겠습니다, 선생님. 적어도 제가 오늘 아침에 일어났을 때 누구였는지는 알지만, 그때부터 여러 번 바뀐 것 같아요."

"그게 무슨 뜻인고?" 애벌레가 준엄하게 말했다. "설명을 해보게!"

"유감스럽지만 설명할 수 없어요. 아시다시피 제가 제가 아니기 때문이에요." 앨리스가 말했다.

"난 모르네." 애벌레가 말했다.

"유감스럽지만 더 분명하게 말할 수가 없습니다." 앨리스가 아주 예의바르게 대답했다. "애초에 저 자신도 이해할 수 없기 때문이에요. 하루에 그렇게 여러 번 커졌다 작아졌다 하니 무척 혼란스러워요."

"안 그래." 애벌레가 말했다.

"음, 아마 아직 모르시는 것 같지만, 선생님이 번데기로 변한다면 ― 아시다시피 언젠가는 그럴 테죠 ―, 그런 다음에 나비로 변하면 기분이 좀 이상할 거예요. 안 그래요?"

"전혀." 애벌레가 말했다.

"음, 어쩌면 선생님 기분이 달라질지도 몰라요. 제가 아는 건, 저한테는 그게 이상하게 느껴진다는 거예요."

"자네!" 애벌레가 경멸하듯 말했다. "자네가 누군데?"

대화가 다시 원점으로 돌아갔다. 앨리스는 애벌레가 매번 그렇게 짧게 말하는 게 조금 짜증스러웠고, 다가가서 아주 진지하게 말했다. "제 생각엔 선생님 먼저 본인이 누구인지 말해야 할 것 같아요."

"왜?" 애벌레가 말했다.

이것은 또 하나의 당황스러운 질문이었다. 앨리스는 마땅한 이유를 생각해 낼 수 없는 데다 애벌레가 기분이 상당히 언짢은 상태로 보였기 때문에 그냥 돌아섰다.

"돌아와! 중요한 할 말이 있으니까!" 애벌레가 앨리스를 불렀다.

분명 이 말은 희망적으로 들렸다. 앨리스는 뒤돌아서 다시 애벌레에게 갔다.

"화를 다스리게." 애벌레가 말했다.

"그게 다예요?" 앨리스가 최대한 분노를 삼키며 말했다.

"아니." 애벌레가 말했다.

앨리스는 기다리는 게 좋겠다고 생각했다. 달리 할 일도 없는 데다 어쩌면 결국에는 애벌레가 들어 볼 가치가 있는 뭔가를 말할지도 모른다고 생각했기 때문이다. 한동안 애벌레는 말없이 담배만 뻐끔뻐끔 피웠지만, 마침내 팔짱을 풀고 입에서 다시 물담뱃대를 떼고는 말했다. "자네가 변했다고 생각한다고?"

"그런 것 같습니다, 선생님." 앨리스가 말했다. "예전에 기억했던 것들을 기억하지 못하고… 몸이 10분 이상 같은 크기로 유지되지 않아요!"

"뭐를 기억 못 하는데?" 애벌레가 말했다.

"음, 「어떻게 부지런한 작은 꿀벌이」를 외우려고 했는데, 입에서 전혀 다른 말이 나왔어요!" 앨리스가 매우 우울한 목소리로 대답했다.

　"「아버지 윌리엄, 이제 늙으셨어요」를 암송해 보게." 애벌레가
말했다.

　앨리스는 두 손을 모아 쥐고 암송하기 시작했다.

"아버지 윌리엄, 아버지는 이제 늙으셨어요." 젊은이가 말했지.
"머리가 하얗게 되셨죠.
그런데도 계속 물구나무를 서시네요.
그렇게 하는 게 아버지의 연세에 맞는다고 생각하세요?"

아버지 윌리엄이 아들에게 대답했네.
"젊었을 때는 그러다 머리 다칠까봐 무서웠지.

하지만 이제 다치지 않는다는 걸 전적으로 확신하기 때문에,
물구나무를 서고 또 서는 거란다."

젊은이가 말했지. "아까 말한 것처럼, 아버지는 늙으셨어요.
그리고 굉장히 살이 찌셨죠.
그런데도 문으로 들어갈 때 뒤로 공중제비를 하시네요.
실례지만, 그러시는 이유가 뭔가요?"

현명한 윌리엄이 희끗희끗한 머리를 흔들며 말했네.
"젊었을 때 이 연고를 이용해서 — 한 박스에 1실링이야 —
팔다리를 아주 유연하게 유지했지.
나한테 몇 개 살래?"

젊은이가 말했지. "아버지는 늙었고, 쇠비계보다
단단한 걸 드시기엔 턱이 너무 약해요.
그런데도 거위 고기를 뼈와 부리까지 다 드시네요.
실례지만, 어떻게 그렇게 할 수 있나요?"

아버지가 말했네. "젊었을 때 네 엄마와 사사건건
시비가 붙어 말다툼을 했단다.
그렇게 강해진 턱 근육이
나머지 삶 동안 지속된 거란다."

젊은이가 말했지. "아버지는 늙으셨어요. 아버지의 눈이
전처럼 흔들림 없다고 누구도 생각하지 않을 거예요.
그런데도 코끝에 뱀장어를 올리고 균형을 잡으시네요.

어떻게 그렇게 솜씨가 대단하세요?"

아버지가 말했네.

"난 세 가지 질문에 답했고 그걸로 충분해. 잘난 척 말거라!

내가 그런 소리를 종일 듣고 있을 것 같으냐?

썩 나가지 않으면 널 계단에서 걷어차 버리겠다!"

"틀리게 말했어." 애벌레가 말했다.

"유감스럽게도 정확하지는 않죠." 앨리스가 소심하게 대꾸했다. "좀 바뀐 말들도 있어요."

"처음부터 끝까지 다 틀렸네." 애벌레가 단호하게 말했고, 몇 분간 침묵이 흘렀다.

애벌레가 먼저 입을 열었다.

"그래서 어떤 크기가 되고 싶은 건가?" 애벌레가 물었다.

"어, 딱히 원하는 크기가 있는 건 아니에요." 앨리스가 얼른 대답했다. "그냥 너무 자주 바뀌는 게 싫을 뿐이에요. 아시겠죠."

"모르겠는데." 애벌레가 말했다.

앨리스는 아무 말도 하지 않았다. 평생 동안 이렇게 반박을 많이 당한 적은 한 번도 없었고, 슬슬 화가 치미는 것이 느껴졌다.

"지금 크기로 만족하나?" 애벌레가 말했다.

"음, 죄송하지만 조금 더 커지고 싶어요. 8센티미터는 너무 비참한 키예요." 앨리스가 말했다.

"그건 사실 아주 좋은 키야!" 애벌레가 성난 목소리로 말하며 몸을 똑바로 곧추세웠다(키가 정확히 8센티미터였다).

"하지만 저는 거기에 익숙하지 않아요!" 앨리스가 애처로운 목소리로 호소했다. "동물들이 그렇게 쉽게 언짢아지지 않으면 좋겠어요!"

"때가 되면 익숙해질 걸세." 애벌레가 말하고는 물담뱃대를 다시 입에 물고 담배를 피우기 시작했다.

이번에는 애벌레가 자발적으로 다시 입을 열 때까지 앨리스가 인내심 있게 기다렸다. 잠시 뒤에, 애벌레는 입에서 담뱃대를 떼고 한두 번 하품을 하더니 몸을 떨었다. 그런 뒤 버섯에서 내려가서 풀밭을 기어가며 "한쪽은 자네를 크게 만들고 다른 쪽은 작게 만들 걸세"라고만 말했다.

'뭐의 한쪽, 뭐의 다른 쪽을 말하는 거지?' 앨리스가 혼자서 생각했다.

"버섯 말일세." 애벌레가 마치 앨리스의 생각을 읽기라도 한

듯 말하더니 다음 순간 눈앞에서 사라졌다.

앨리스는 잠시 생각에 잠겨 버섯을 쳐다보며, 어디가 버섯의 한쪽이고 어디가 다른 쪽인지 알아내려 했다. 버섯이 완벽하게 둥근 형태였기 때문에, 이건 매우 어려운 질문이었다. 그러나 마침내 최대한 두 팔을 뻗어 버섯을 감싸고 양손으로 갓 부분의 가장자리를 조금씩 떼어냈다.

"그런데 어느 쪽이 어느 쪽이지?" 앨리스는 혼잣말을 하며 효과를 시험해 보기 위해 오른손에 있는 조각을 조금 갉아 먹었다. 다음 순간 턱 밑에서 강한 충격이 느껴졌다. 앨리스의 턱이 발등에 부딪힌 것이다!

앨리스는 이 갑작스러운 변화에 두려움이 엄습했지만, 몸이 빠르게 줄어들고 있기에 정신을 놓고 있을 시간이 없다고 느꼈고, 그래서 즉시 다른 조각을 먹는 작업에 돌입했다. 턱이 발에 바싹 눌려서 입을 벌릴 공간이 거의 없었지만, 마침내 간신히 입을 벌리고 왼손의 버섯 조각을 조금 삼킬 수 있었다.

◈ ◈ ◈

"휴, 드디어 머리를 자유롭게 움직일 수 있게 됐어!" 앨리스가 기쁜 목소리로 말했지만, 기쁨은 곧바로 경악으로 바뀌었다. 어깨를 찾을 수 없었던 것이다. 아래를 내려다보자 엄청나게 긴 목만 보일 뿐이었다. 그것은 마치 한참 아래에 펼쳐진 수많은 초록색 이파리들에서 솟아오른 식물의 줄기처럼 보였다.

"저 초록색은 다 뭐지?" 앨리스가 말했다. "그리고 내 어깨는 어디로 간 거지? 그리고 맙소사! 내 가엾은 손. 왜 보이지가 않는 거지?" 앨리스는 말하면서 손을 이리저리 움직여 보았지만, 저 멀리 초록색 이파리들이 약간씩 흔들리는 것 외에는 아무것도 보이지 않았다.

앨리스는 손을 머리까지 올릴 가능성이 없어 보였기 때문에 머리를 손으로 내리려 했다. 그 과정에서 자신의 목이 뱀처럼 어느 방향으로든 쉽게 휜다는 사실을 발견하고 기뻐했다. 앨리스는 목을 구부려 우아하게 갈지자를 그리며 아래로 내려가는 데 성공했고, 이제 이파리들 사이로 내려가려 했다. 그런데 알고 보니 그 이파리들은 자신이 돌아다니던 숲의 우듬지들이었다. 그 순간 들려오는 날카로운 쉭쉭 소리에 앨리스는 다급하게 목을 뒤로 뺐다. 커다란 비둘기 한 마리가 날아와서 날개로 앨리스의 얼굴을 맹렬하게 때리고 있었다.

"뱀, 이 나쁜 놈!" 비둘기가 악을 썼다.

"난 뱀이 아냐! 날 좀 내버려둬!" 앨리스가 발끈하며 말했다.

"다시 말하지만, 뱀, 이 나쁜 놈!" 비둘기가 거듭 말했지만, 이 번에는 조금 가라앉은 목소리였고 일종의 흐느낌이 뒤따랐다. "매일 시도했는데, 아무것도 통하지 않는 것 같아!"

"무슨 말을 하는 건지 하나도 모르겠어." 앨리스가 말했다.

"나무뿌리에도 해 봤고 강둑에도, 울타리에도 시도해 봤어." 비둘기는 앨리스를 신경 쓰지 않고 계속 말했다. "하지만 그놈의 뱀들! 만족을 모르는 것들이야!"

앨리스는 점점 더 영문을 알 수 없었지만, 비둘기가 말을 끝낼 때까지 무슨 말을 해 봐야 소용없겠다고 생각했다.

"알을 부화하는 게 어디 쉬운 일인 줄 알아." 비둘기가 말했다. "나는 밤낮으로 뱀이 오나 망을 봐야 했어! 3주 동안 잠을 한숨도 못 잤다고!"

"네가 약이 많이 올랐구나. 정말 안타까워." 비둘기가 무슨 말을 하는지 이해하기 시작한 앨리스가 말했다.

그러자 비둘기는 비명을 지르듯 목소리를 높이며 말을 이었다. "그리고 내가 숲에서 제일 높은 나무를 차지한 바로 이 순간, 그리고 내가 마침내 뱀들로부터 자유로워졌다고 생각한 바로 이 순간, 그것들이 하늘에서 꿈틀거리며 내려오려는 게 분명해. 웩, 역겨운 뱀!"

"하지만 난 뱀이 아니야. 정말이야! 나는… 나는 ㅡ" 앨리스가 말했다.

"그럼 넌 뭐야? 딱 보니까 이야기를 꾸며 내려는 것 같은데." 비둘기가 말했다.

"난… 난 어린 여자애야." 앨리스가 그날 자신이 겪은 변신의 횟수를 떠올리며 스스로도 다소 미심쩍어하며 말했다.

"퍽이나 그럴 듯한 이야기네!" 비둘기가 깊은 경멸이 담긴 목소리로 말했다. "나는 살면서 여자애를 숱하게 봤지만, 목이 이렇게 생긴 아이는 한 번도 본 적 없어! 아니, 아냐! 넌 뱀이야. 부정해 봐야 소용없어. 이제 넌 알을 맛본 적도 없다고 말하겠지!"

"난 물론 알을 맛본 적이 있어." 아주 솔직한 아이인 앨리스가 말했다. "하지만 원래 어린 여자애들은 뱀들만큼이나 알을 많이 먹어."

"난 안 믿어. 하지만 정말로 그렇다면, 여자애들도 일종의 뱀이야. 내가 할 수 있는 말은 이것뿐이야." 비둘기가 말했다.

이건 앨리스에게 무척 새로운 생각이어서 잠시 조용히 있었고, 그러자 비둘기는 그 기회에 이렇게 덧붙였다. "넌 지금 알을 찾고 있는 거야. 내가 그쯤은 알지. 네가 어린 여자애건 뱀이건 그게 내게 뭐가 중요해?"

"내게는 아주 중요해." 앨리스가 얼른 말했다. "그리고 좀 공교롭게 됐지만, 난 지금 알을 찾는 게 아니야. 설령 찾고 있다 해도, 너의 알은 아닐 거야. 난 알을 날로 먹는 걸 안 좋아하거든."

"음, 그럼 꺼져!" 비둘기가 부루퉁한 목소리로 말하며 둥지에 다시 자리를 잡았다. 앨리스는 나무들 사이로 최대한 잘 쪼그리고 앉았다. 목이 계속 나뭇가지에 얽혀서 가끔씩 멈추고 풀어 줘야 했다. 잠시 후 앨리스는 손에 아직 버섯 조각을 쥐고 있다는 사실을 기억하고는 아주 신중하게 작전에 착수했다. 우선 첫 번째 것을 조금 먹은 다음 다른 것을 먹었다. 이 방법으로 때로는 크기가 늘고 때로는 줄어서 마침내 원래의 크기로 만드는 데 성공했다.

적당한 크기와 비슷이라도 했던 게 너무 오랜만이라 처음에는 기분이 좀 이상했지만, 몇 분 뒤에는 익숙해져서 평소대로 혼잣말을 하기 시작했다. "이제 계획을 절반은 실행했네! 이런 변화들은 정말이지 혼란스러워! 내가 다음 순간 어떻게 될지 확신

할 수 없으니까 말이야! 하지만 원래의 크기로 돌아왔으니, 다음에 할 일은 아름다운 정원에 들어가는 거야. …그런데 어떻게 하지?" 이렇게 말하는 순간 갑자기 탁 트인 땅이 보였고 거기에는 1미터가 약간 넘는 높이의 작은 집이 있었다. 앨리스는 생각했다. '저기 누가 사는지 모르지만, 이 크기로 누군가를 만나는 건 절대 적절하지 않을 거야. 나를 보면 혼비백산할 게 뻔해!' 그래서 앨리스는 오른손에 있는 버섯 조각을 다시 야금야금 뜯어 먹기 시작했고, 20센티미터 남짓하게 줄어들 때까지 집 근처에 갈 엄두를 내지 않았다.

6

돼지와 후추

앨리스가 잠시간 집을 지켜보며 다음에 무엇을 할지 생각하고 있는데, 갑자기 제복을 입은 하인이 숲에서 뛰어나와서 ─ 앨리스는 그가 제복을 입었기 때문에 하인이라고 생각했는데, 그러지 않고 얼굴만 보고 판단했다면 아마 그를 물고기라고 칭했을 것이다 ─ 주먹으로 문을 쾅쾅 두드렸다. 얼굴이 둥글고 개구리처럼 눈이 큰 제복 차림의 또 다른 하인이 문을 열어 주었다. 앨리스는 두 하인 모두 머리 전체를 뒤덮은 곱슬머리에 흰 가루를 뿌렸다는 것을 알아차렸다. 대체 무슨 일인지 알고 싶어진 앨리스는 숲에서 조금 밖으로 나와 귀를 기울였다.

물고기 하인은 겨드랑이에서 거의 자기 몸만큼이나 큰 편지를 꺼내서 그것을 다른 하인에게 전하며 엄숙한 목소리로 말했다. "공작부인께 온 전갈입니다. 여왕님과 함께 크로케 경기를 하자는 초대장이지요." 개구리 하인은 똑같이 경건한 목소리로, 말의 순서만 조금 바꿔서 거의 똑같은 말을 했다. "공작부인과 크로케 경기를 하자는 초대장이군요. 여왕님께서 보내신."

그런 다음 두 하인 모두 깊이 고개를 숙여 인사를 했고, 그러다가 둘의 곱슬머리가 서로 얽혔다.

이것을 본 앨리스는 얼마나 많이 웃었는지, 혹시 그들이 들었을까 무서워 다시 숲으로 뛰어가야 했다. 잠시 뒤 밖을 엿보았을 때, 물고기 하인은 가고 없었고 나머지 하인이 문 근처 땅바닥에 앉아 멍하니 하늘을 응시하고 있었다.

앨리스가 쭈뼛거리며 문으로 걸어가서 노크를 했다.

"노크해 봐야 소용없어." 하인이 말했다. "두 가지 이유 때문이지. 첫째, 난 지금 너와 같은 쪽에 있어. 둘째, 안이 너무 시끄러워서 아무도 네 소리를 들을 수가 없어." 분명 안에서는 아주 특별한 소음이 났다. 지속적인 울부짖음과 재채기 소리, 이따금 접시나 주전자가 산산조각 난 것 같은 커다란 쨍그랑 소리.

"실례지만, 그럼 어떻게 하면 제가 들어갈 수 있을까요?" 앨리스가 물었다.

"네가 노크하는 게 의미가 있을 수도 있지." 하인이 앨리스를 신경 쓰지 않고 계속 말했다. "우리 사이에 문이 있다면 말이야. 예를 들어 네가 안에 있다면, 네가 노크를 할 수 있고 내가 널 내보내 줄 수 있을 테지." 그는 말하는 내내 하늘을 올려다보고 있었고, 앨리스는 이것이 단연코 무례하다고 생각했다. "하지만 어쩔 수 없어서 저러는 건지도 몰라. 눈이 정수리와 아주 가까이 있으니까. 하지만 어쨌든 질문에 대답을 해 줄 수는 있잖아." 앨리스는 혼잣말을 했다. "어떻게 하면 제가 들어갈 수 있나요?" 앨리스가 다시 한번 큰 소리로 물었다.

하인이 말했다. "난 내일까지 여기 앉아 있어야 해 —"

그 순간 문이 열리더니 커다란 접시가 하인의 머리로 곧장 미끄러지듯 날아왔다. 접시는 하인의 코를 살짝 스치고 지나가 그의 뒤에 있는 나무에 부딪쳐 산산조각 났다.

" — 어쩌면 다음날까지일지도 몰라." 하인은 마치 아무 일도 없었다는 듯 똑같은 어조로 말을 계속했다.

"어떻게 하면 제가 들어갈 수 있나요?" 앨리스가 더 큰 목소리로 다시 물었다.

"그런데 꼭 들어가야 하는 거야? 제일 먼저 물어야 할 건 그거잖아." 하인이 말했다.

물론 그랬다. 다만 앨리스는 그런 얘기를 듣고 싶지 않았다. "여기 동물들은 말하는 방식이 하나같이 정말 불쾌해. 사람을 정말 돌아 버리게 만든다니까!" 앨리스가 혼잣말로 중얼거렸다.

하인은 이때다 싶었는지 조금 전에 한 말을 조금 바꿔서 거듭 말했다. "난 여러 날 동안 때때로 여기 앉아 있어야 해."

"하지만 저는 어떻게 해야 하죠?" 앨리스가 물었다.

"마음 내키는 대로 해." 하인이 말하고는 휘파람을 불기 시작했다.

"어휴, 저 하인한테 말해 봐야 아무 소용 없겠어. 완전 바보 같아!" 앨리스가 혼잣말을 말하고는 문을 열고 들어갔다.

문은 바로 큰 부엌으로 통했는데, 한쪽 끝에서 반대쪽 끝까지 연기가 가득 차 있었다. 한가운데에서 공작부인이 다리가 세 개인 등받이 없는 의자에 앉아 아기를 안고 어르고 있었다. 조리사는 불 위에서 몸을 숙이고 수프가 가득 든 것으로 보이는 커다란 가마솥을 휘젓고 있었다.

"수프에 후추를 너무 많이 넣은 게 분명해." 앨리스는 재채기를 최대한 참으며 혼잣말을 했다.

분명 공기 중에 후추가 너무 많았다. 공작부인도 가끔 재채기를 했다. 아기로 말할 것 같으면, 잠시도 쉬지 않고 재채기를 하거나 울부짖었다. 주방에서 재채기를 하지 않는 건 조리사, 그리고 난로 근처에 앉아 입이 귀에 걸리도록 함박웃음을 짓는 커다란 고양이뿐이었다.

앨리스는 자신이 먼저 말을 거는 게 예의바른 행동인지 확신하지 못해서 조금 쭈뼛거리며 물었다. "실례지만 왜 고양이가 저렇게 웃는지 말씀해 주실 수 있나요?"

"체셔 고양이라서 그래. 돼지야!" 공작부인이 말했다.

그녀가 마지막 단어를 갑자기 사납게 말해서 앨리스는 화들짝 놀랐지만, 다음 순간 그것이 자신이 아닌 아기에게 하는 말임을 알게 되었고, 그래서 용기를 내서 다시 말을 걸었다.

"체셔 고양이가 항상 웃는다는 건 몰랐어요. 사실은 고양이가 웃을 수 있다는 것도 몰랐어요."

"걔들은 모두 웃을 수 있어. 대부분은 그렇지." 공작부인이 말했다.

"제가 웃는 고양이를 몰라서요." 앨리스는 대화에 들어간 것을 내심 기뻐하며 매우 예의바르게 말했다.

"넌 아는 게 별로 없구나. 틀림없어." 공작부인이 말했다.

앨리스는 말투가 마음에 들지 않았고 다른 화제를 꺼내는 게 좋겠다고 생각했다. 앨리스가 어떤 화제를 꺼낼지 생각하고 있는 동안, 조리사는 수프가 든 가마솥을 불에서 내리고 손닿는 범위에 있는 모든 물건들을 공작부인과 아기에게 던졌다. 난로용 철물이 제일 먼저 날아갔고, 그 다음 냄비와 크고 작은 접시들이 뒤따라서 쉴 새 없이 빗발쳤다. 공작부인은 물건에 맞으면서도 아랑곳하지 않았고, 아기는 애초부터 너무 많이 울부짖고 있어서 날아드는 물건에 맞은 건지 아닌지도 분간할 수 없었다.

"어머, 제발 조심 좀 하세요!" 앨리스가 겁에 질려 펄쩍 뛰며 소리쳤다. "어머, 거기 소중한 코가 있잖아요!" 범상치 않게 큰 냄비가 아기의 코 가까이로 날아가서 아슬아슬하게 비껴갔다.

"모두들 자기 일에나 신경 쓴다면 세상이 지금보다 훨씬 빠르게 돌아갈 텐데." 공작부인이 쉰 목소리로 으르렁거리듯 말했다.

"그래 봐야 이로울 게 없어요." 앨리스가 약간의 지식을 과시할 기회를 갖게 되어 매우 기뻐하며 말했다. "그러면 낮과 밤이 어떻게 될지 생각해 보세요! 지구는 24시간 동안 자전축을 중심으로 돈다는 거 아시잖아요 —"

"도끼♠ 얘기가 나온 김에, 얘 목을 베어 버려!" 공작부인이 말했다.

앨리스는 조리사가 알아들었는지 보려고 초조한 눈으로 조리사를 보았지만, 그녀는 수프를 젓느라 바빠서 듣지 못한 것처럼 보였다. 그래서 앨리스가 다시 말을 이었다. "아마 24시간인 것 같은데, 아니면 12시간인가? 저는 —"

"아이고, 날 성가시게 하지 좀 마. 숫자는 절대 참을 수 없으니까!" 공작부인이 말했다. 이와 함께 그녀는 다시 아기를 어르기 시작했고, 자장가 같은 것을 불러 주며 각각의 행이 끝날 때마다 아기를 격렬하게 흔들었다.

♠ 앨리스가 자전축(axis)이라고 말하는 것을 공작부인이 도끼(axes)로 듣고 딴 소리를 하고 있다.

"어린 아들에게 거칠게 말하라,♠

그리고 재채기를 하면 때려 주어라.

그게 애를 먹이는 방법인 걸 알고

성가시게 하려고 그러는 거니까."

후렴

(조리사와 아기가 합류했다)

"와아! 와아! 와아!"

공작부인은 두 번째 구절을 노래하면서 아기를 난폭하게 던
져 올렸다가 받았다. 가엾은 어린 것이 너무 세차게 울부짖어서
앨리스는 노랫말을 겨우 알아들었다.

"나는 아들에게 엄하게 말하고,

재채기를 하면 때려 준다네.

그래야 원할 때 후추를

온전히 즐길 수 있을 테니까!"

♠ 1850년경에 미국의 시인 데이비드 베이츠(David Bates)가 쓴 「부드럽게 말하라」
(Speak Gently)를 패러디한 것이다. 원래의 시는 부모들에게 공포가 아닌 사랑으로
다스릴 것을 권하고 있다.

후렴

"와아! 와아! 와아!"

"얘, 원한다면 네가 아기를 좀 얼러 봐!" 공작부인이 말하면서 아기를 앨리스에게 던졌다. "난 여왕님과 크로케 경기를 하러 가 봐야 하니까." 그녀가 말하고는 서둘러 방에서 나갔다. 그때 조리사가 프라이팬을 그녀에게 던졌지만, 아슬아슬하게 빗나갔다.

앨리스는 조금 어렵사리 아기를 받았다. 아기가 요상하게 생긴 작은 생명체인 데다 사방으로 팔다리를 뻗었기 때문이다. '꼭 불가사리 같군.' 앨리스는 생각했다. 앨리스가 붙잡자 가엾은 어린 것은 마치 증기기관처럼 콧김을 내뿜었고 계속 몸을 웅크렸다가 폈다가를 반복했다. 그 바람에 처음 얼마 동안 앨리스가 할 수 있는 일이라고는 그저 아기를 떨어뜨리지 않고 붙들고 있는 정도가 고작이었다.

아기를 제대로 안는 요령을 파악하자마자(몸을 꼬아서 일종의 매듭처럼 만든 뒤, 오른쪽 귀와 왼발을 단단히 붙잡아 풀지 못하게 하는 것이다), 앨리스는 아기를 바깥으로 데리고 나갔다. '데리고 나가지 않으면, 아기가 하루 이틀 안에 죽게 될 게 분명해. 여기 남겨두고 가면 살인이나 마찬가지일 거야.' 앨리스가 생각했다. 앨리스는 생각의 마지막 부분을 입 밖으로 냈고, 어린 것이 대답하듯 꿀꿀거렸다(이때 즈음 재채기는 멈췄다). "꿀꿀거리지 마. 그건 적절한 표현 방식이 아냐."

아기가 또 꿀꿀거렸고, 앨리스는 몹시 불안한 마음으로 무슨 문제인지 확인하려고 아기의 얼굴을 들여다보았다. 의심의 여지없이 아기의 코는 심한 들창코였고, 사람 코보다 돼지 코에 가까웠다. 게다가 눈은 아기치고는 너무나 작아지고 있었다. 앨리스는 전체적으로 아기의 모습이 영 마음에 들지 않았다. '하지만 어쩌면 울고 있어서 그런지도 몰라.' 앨리스가 그렇게 생각하고 눈물이 있는지 확인하려고 다시 눈을 들여다보았다.

눈물은 없었다. "네가 돼지로 변하고 있는 거라면, 내가 너와 할 수 있는 일이 더는 없을 거야. 정신 차려!" 앨리스가 진지하게 말했다. 가엾은 어린 것은 다시 흐느꼈고(아니면 꿀꿀거렸다고 말할 수도 있다), 그들은 얼마간 조용히 걸어갔다.

앨리스가 '이제 집에 가면 얘를 어떻게 하지?' 하고 생각하고 있는데 갑자기 아기가 다시 격렬하게 꿀꿀거렸고, 앨리스는 놀라서 얼굴을 내려다보았다. 이번에는 착각일 리 없었다. 그것은 더도 덜도 아닌 딱 돼지였고, 이제 앨리스는 이 돼지를 더 데리고 가는 것이 우스꽝스러운 일이라고 생각했다.

그래서 어린 것을 내려놓았고, 돼지가 총총거리며 조용히 숲으로 들어가는 것을 지켜보며 사뭇 안도감을 느꼈다. 앨리스가 혼잣말을 했다. "쟤가 다 자랐다면 끔찍하게 못생긴 아이였겠지만, 지금은 잘생긴 돼지인 것 같아." 앨리스는 자신이 아는 아이들 중에 돼지 역할을 잘할 것 같은 아이들에 대해 생각하면서 그냥 혼잣말을 하고 있었다. "그 애들을 변신시킬 방법을 알기만 한다면 —" 그때 몇 미터 떨어진 나무의 가지에 앉아 있는 체셔 고양이를 발견하고 조금 놀랐다.

고양이는 앨리스를 보고 함박웃음을 지을 뿐이었다. 성격이 좋아보였지만, 그래도 발톱이 아주 길고 이빨이 아주 많아서 공손히 대해야 할 것 같았다.

"체셔 야옹아." 고양이가 그 호칭을 좋아할지 알 수 없어서 앨리스는 다소 소심하게 입을 열었다. 그러나 고양이는 좀 더 활짝 웃을 뿐이었다. '그래, 지금까지는 기분이 좋은 모양이야.' 앨리스가 속으로 생각하고는 말을 이었다. "실례지만 여기서 어느 쪽으로 가야 하는지 말해 줄래?"

"그건 네가 어디로 가고 싶으냐에 달렸지." 고양이가 말했다.

"어디로인지는 크게 상관없어 —" 앨리스가 말했다.

"그렇다면 네가 어느 쪽으로 가는지도 중요하지 않아." 고양이가 말했다.

"—내가 어딘가에 갈 수만 있다면 말이야." 앨리스가 설명을 위해 덧붙였다.

"아, 네가 충분히 오래 걷기만 한다면 분명히 그럴 수 있지." 고양이가 말했다.

앨리스는 그것이 부정할 수 없는 사실이라고 느꼈고 그래서 또 다른 질문을 시도했다.

"여기엔 어떤 사람들이 살아?"

고양이가 오른쪽 앞발을 휘두르며 "저 방향에는 모자 장수가 살아"라고 말한 뒤 다른 쪽 발을 휘두르며 이렇게 말했다. "저 방향에는 삼월 토끼♠가 살고. 원한다면 둘 중 하나를 찾아가 봐. 둘 다 미치긴 했지만."

"하지만 미친 사람들한테 가고 싶지는 않은데." 앨리스가 말했다.

"이런, 하지만 어쩔 수 없어. 여기서 우린 모두 미쳤으니까. 나도 미쳤고, 너도 미쳤어." 고양이가 말했다.

"내가 미친 걸 어떻게 아는데?" 앨리스가 물었다.

"넌 미친 게 분명해. 안 그러면 여기 왔을 리가 없지." 고양이

♠ 토끼가 발정기가 되면 공격적이 되고 미쳐 날뛰는데, 토끼의 발정기가 3월이라는 속설에서 나온 말.

가 말했다.

앨리스는 그걸로 전혀 증명이 되지 않는다고 생각했지만, 일단 말을 이어 갔다. "그러면 네가 미친 건 어떻게 아는데?"

"우선 개는 미치지 않아. 그건 인정해?" 고양이가 말했다.

"그런 것 같아." 앨리스가 말했다.

고양이가 말을 이었다. "음 그렇다면, 너도 알다시피 개는 화가 나면 으르렁거리고 기분이 좋으면 꼬리를 흔들잖아. 그런데 나는 기분이 좋을 때 으르렁거리고, 화가 났을 때 꼬리를 흔들어. 그러니까 난 미친 거야."

"나는 그걸 으르렁거린다고 안 하고 가르랑거린다고 말하는데." 앨리스가 말했다.

"좋을 대로 말해." 고양이가 말했다. "그런데 너도 오늘 여왕과 크로케 경기를 하니?"

"그러면 좋겠지만 아직 초대를 못 받았어." 앨리스가 말했다.

"거기서 날 보게 될 거야." 고양이가 말하곤 갑자기 사라졌다.

앨리스는 기묘한 일이 벌어지는 것에 익숙해져서 크게 놀라지 않았다. 고양이가 있던 곳을 보고 있는데, 그것이 갑자기 다시 나타났다.

"그런데 아기는 어떻게 됐니? 깜빡하고 못 물어볼 뻔했네." 고양이가 말했다.

"돼지로 변했어." 앨리스는 고양이가 돌아온 게 지극히 자연스러운 일인 것처럼 조용히 말했다.

"그럴 줄 알았어." 고양이가 말하고는 다시 사라졌다.

앨리스가 고양이를 다시 보게 되기를 반쯤은 기대하며 잠시 기다렸으나 고양이는 나타나지 않았고, 그래서 잠시 뒤에 삼월 토끼가 산다는 방향으로 걸어가며 혼잣말을 했다. "모자 장수는 전에도 본 적이 있어. 삼월 토끼는 무척 흥미로울 것 같아. 어쩌면 지금은 5월이니까 그렇게 심하게 발광하지는 않을지도 몰라…. 적어도 3월만큼 미쳐 있지는 않을 거야." 이렇게 말하면서 눈을 들어 보니 또 다시 고양이가 나뭇가지에 앉아 있었다.

"그런데 돼지라고 했니, 무화과라고 했니?♠ 고양이가 물었다.

"돼지라고 했어." 앨리스가 대답했다. "그런데 그렇게 계속 나타났다가 갑자기 사라지지 않으면 좋겠어. 너무 어지럽잖아."

♠ Pig(돼지)와 fig(무화과)의 발음이 비슷하다.

"알았어." 고양이가 말하고는 이번에는 꼬리 끝부터 시작해서 꽤 천천히 사라졌는데, 고양이의 함박웃음은 나머지가 다 사라진 뒤 한동안 남아 있다가 마지막으로 사라졌다.

앨리스가 생각했다. '음! 웃음이 없는 고양이는 종종 봤지만, 고양이가 없는 웃음이라니! 내가 평생 본 것 중에 제일 신기한 일이야!'

얼마 가지 않아서 삼월 토끼의 집이 눈에 보였다. 앨리스는 굴뚝 모양이 귀처럼 생기고 지붕에 털이 덮인 것을 보고 그 집이 틀림없다고 생각했다. 너무 큰 집이어서 지금 상태로는 가까이 가고 싶지 않았고, 그래서 몸이 60센티미터 남짓한 정도로 커질 때까지 왼손에 있는 버섯 조각을 조금 뜯어 먹었다. 몸이 커진 뒤에도 조금 쭈뼛거리며 집을 향해 걸어가며 혼잣말을 했다. "하지만 토끼가 미쳐 날뛰면 어쩌지! 차라리 모자 장수한테 갈 걸 그랬나 싶어!"

7

대환장 다과회

집 앞에는 나무 아래에 차려진 테이블이 있었고, 거기서 삼월 토끼와 모자 장수가 차를 마시고 있었다. 둘 사이에 겨울잠쥐 한 마리가 앉은 채로 깊이 잠들어 있었는데, 나머지 둘은 겨울잠쥐를 쿠션 삼아 팔꿈치를 기대고 그것의 머리 위로 이야기하고 있었다. '겨울잠쥐가 아주 불편하겠어.' 앨리스가 생각했다. '그런데 잠들어 있어서 신경 쓰지 않는 것 같네.'

테이블이 큰데도 셋이 모두 한쪽 귀퉁이에 옹기종기 모여 있었다. "자리 없어! 자리 없어!" 앨리스가 다가가는 것을 보고 그들이 소리쳤다. "자리가 많기만 한데요!" 앨리스가 발끈하며 말하고는 테이블 한쪽 끝에 있는 커다란 안락의자에 앉았다.

"포도주 좀 마셔." 삼월 토끼가 호의적인 목소리로 말했다.

앨리스는 테이블 전체를 둘러보았지만, 차 말고는 아무것도

없었다. "포도주 같은 건 안 보이는데요."

"포도주 같은 건 없으니까." 삼월 토끼가 말했다.

"그러면서 포도주를 권하는 건 예의 바른 행동이 아니에요." 앨리스가 화가 나서 말했다.

"초대도 받지 않고 여기 앉는 것 역시 예의 바른 행동이 아니지." 삼월 토끼가 되받아쳤다.

"이 테이블이 그쪽 것인 줄은 몰랐어요. 3인용이라기엔 너무 커서."

"넌 머리를 좀 잘라야겠어." 모자 장수가 말했다. 그는 굉장히 호기심 어린 눈으로 앨리스를 한동안 쳐다보고 있었는데, 이것이 그의 첫 마디였다.

"당신은 인신공격을 하지 않는 법을 배워야겠어요. 아주 무례한 행동이에요." 앨리스가 다소 날카롭게 말했다.

모자 장수는 이 말을 듣고 눈을 크게 떴지만, 그가 한 말은 "큰 까마귀가 책상 같은 이유가 뭐게?"가 전부였다.

'자, 이제 좀 놀아야겠어! 저들이 수수께끼를 내기 시작했으니 다행이야.' 앨리스가 생각하고는 "그건 내가 추측할 수 있을 거예요"라고 소리 내어 덧붙였다.

"네가 정답을 찾을 수 있을 거라고 생각한다는 뜻이야?" 삼월 토끼가 말했다.

"맞아요." 앨리스가 말했다.

"그럼 넌 진심을 말해야 할 거야." 삼월 토끼가 말을 이었다.

"그래요." 앨리스가 급하게 덧붙였다. "적어도… 적어도 내가 말하는 건 진심이에요…. 그건 같은 말이잖아요."

"전혀 같은 말이 아니야!" 모자 장수가 말했다. "차라리 '난 내가 먹는 걸 봐'가 '난 내가 보는 걸 먹어'와 같은 말이라고 하지 그래!"

"차라리 '내가 얻은 걸 좋아해'가 '내가 좋아하는 걸 얻었어'와 같은 말이라고 하지 그래!" 삼월 토끼가 맞장구를 쳤다.

"'난 잠잘 때 숨을 쉬어'가 '난 숨 쉴 때 잠을 자'와 같은 말이라고 하지 그래." 겨울잠쥐가 잠결에 덧붙였다.

"그건 너한테나 같은 말이겠지." 모자 장수가 말했다. 여기서 대화가 중단되고 일행은 한동안 조용히 앉아 있었다. 그동안 앨리스는 얼마 되지 않지만 큰까마귀와 책상에 대해 기억할 수 있는 모든 것들을 생각했다.

제일 먼저 침묵을 깬 건 모자 장수였다. "오늘이 며칠이지?"

그가 앨리스를 향해 얼굴을 돌리며 말했다. 조금 전부터 그는 주머니에서 회중시계를 꺼내서 이따금 흔들고 귀로 가져가며 불안하게 시계를 보고 있었다.

앨리스는 잠시 생각해 보고 말했다. "4일이요."

"이틀이나 틀려!" 모자 장수가 한숨을 쉬었다. "버터로는 안 될 거라고 내가 그랬잖아!" 그가 화난 얼굴로 삼월 토끼를 보며 덧붙였다.

"최고의 버터였는데." 삼월 토끼가 온순하게 대답했다.

"그래. 하지만 빵 부스러기까지 들어간 게 분명해." 모자 장수가 투덜댔다. "빵칼로 넣지 말았어야지."

삼월 토끼가 시계를 가져가서 침울하게 보더니 그것을 찻잔에 담갔다가 다시 들여다보았다. 그러나 그는 첫 번째 말보다 더 나은 말을 생각해 낼 수 없었다. "최고의 버터였어. 알잖아."

앨리스는 궁금해서 그의 어깨 너머로 시계를 보았다. "정말 희한한 시계네! 날짜를 알려주고 시간은 알려주지 않잖아."

"왜 그래야 하지? 네 시계는 년도를 알려주나?" 모자 장수가 중얼거렸다.

"물론 아니죠." 앨리스가 즉시 대답했다. "하지만 그건 아주 오랫동안 같은 년도가 유지되기 때문이에요."

"내 시계도 그래." 모자 장수가 말했다.

앨리스는 몹시 당황스러웠다. 모자 장수의 말은 분명 외국어가 아닌 우리 말이었지만 그 말에는 아무런 의미도 담겨 있지 않았다. "무슨 말인지 이해하지 못하겠어요." 그녀가 최대한 예의 바르게 말했다.

"겨울잠쥐가 또 잠들었군." 모자 장수가 말하며 뜨거운 차를 겨울잠쥐의 코에 부었다.

겨울잠쥐는 짜증스러운 듯 고개를 흔들며 눈도 뜨지 않고 말했다. "당연하지, 당연하지. 내가 하려던 말이 그 말이야."

"이제 수수께끼는 풀었나?" 모자 장수가 다시 앨리스에게 고개를 돌리며 말했다.

"아뇨, 포기예요. 답이 뭔데요?" 앨리스가 말했다.

"나야 모르지." 모자 장수가 말했다.

"나도 몰라." 삼월 토끼가 말했다.

앨리스가 지친 듯 한숨을 쉬었다. "시간을 더 값지게 쓰면 좋을 텐데. 답도 없는 수수께끼나 내느라고 그걸 낭비할 게 아니라." 앨리스가 말했다.

"네가 '시간'에 대해 나만큼 잘 안다면, 그걸 낭비한다고 말하지 않을걸. 그분이라고 말하겠지." 모자 장수가 말했다.

"무슨 말을 하는 건지 모르겠어요." 앨리스가 말했다.

"물론 모를 테지!" 모자 장수가 경멸하듯 머리를 치켜들고 말했다. "장담하는데, 넌 시간과 얘기를 나눠 본 적이 없을 거야!"

"그런 적은 없는 것 같지만, 음악을 배울 때 박자를 맞춰야 한다는 건 알아요." 앨리스는 조심스럽게 말했다.

"아하! 어쩐지." 모자 장수가 말했다. "시간은 두들겨 맞는 걸 못 참지.♣ 네가 시간과 우호적 관계를 유지하기만 한다면, 시간은 시계로 네가 원하는 걸 뭐든 해 줄 거야. 예를 들어, 지금이

이제 막 수업을 시작할 시간인 아침 아홉 시라고 쳐. 네가 시간에게 넌지시 속삭이기만 하면, 눈 깜짝할 사이에 시계 침이 돌 거야! 식사 시간인 한 시 반으로 말이야!"

("그러기만 바랄 뿐이야." 삼월 토끼가 속삭이는 목소리로 혼잣말을 했다.)

"그럼 정말 굉장하겠네요. 하지만 그러면… 그때까지 배가 안 고플 거잖아요." 앨리스가 생각에 잠겨 말했다.

♠ 'time'에는 '시간'이라는 뜻 외에 '박자'라는 뜻도 있다. 모자 장수는 시간에 대해 말하고 있는데, 앨리스는 'beat time'(박자를 맞추다)에 대해 말하고, 그것을 모자 장수는 '시간을 두들겨 때리다'로 알아들으면서 서로 동문서답을 하고 있다.

"처음엔 그럴지도 모르지만, 네가 원하는 만큼 시간을 한 시 반으로 고정시킬 수 있을 거야." 모자 장수가 말했다.

"그렇게 잘 되고 있나요?" 앨리스가 물었다.

모자 장수가 구슬프게 고개를 젓고는 대답했다. "아니! 지난 3월에 — 너도 알다시피 얘가 미치기 직전에 — (티스푼으로 삼월 토끼를 가리키며) 우린 사이가 틀어졌어. 하트 여왕이 개최한 큰 음악회에서였지. 나는 노래를 불러야 했어.

'반짝반짝 작은 박쥐!♣
너는 무얼 노리니!'

이 노래는 알겠지?"

"비슷한 걸 들어 봤어요." 앨리스가 말했다.

"알겠지만, 노래는 이런 식으로 계속돼." 모자 장수가 말을 이었다.

'세상 위로 날아올라,
하늘 위의 찻쟁반처럼.
반짝반짝 —'

♣ 반짝반짝 작은 별(Twinkle, Twinkle, Little Star)의 패러디.

여기서 겨울잠쥐가 몸을 부르르 떨더니 잠결에 노래하기 시작했고, "반짝반짝… 반짝반짝…"을 계속 반복하다가 마침내 둘에게 꼬집힘을 당하고 멈추었다.

"음, 첫 구절을 끝내기도 전에 여왕이 벌떡 일어나서 고함쳤어. '저놈이 시간을 죽이고 있다! 저놈의 목을 쳐라!'"

"정말 끔찍하게 야만스러워요!" 앨리스가 외쳤다.

"그날 이후 시간은 내가 요청하는 것을 하나도 들어주지 않아! 이제는 항상 여섯 시야." 모자 장수가 서글픈 어조로 말했다.

그제야 앨리스는 상황이 이해가 되었다. "그래서 여기 찻그릇이 이렇게 많은 거예요?"

"그래, 맞아." 모자 장수가 한숨지으며 말했다. "항상 티타임이지. 우리는 중간에 설거지할 시간도 없어."

"그럼 계속 자리를 옮기겠네요?" 앨리스가 말했다.

"바로 그래." 모자 장수가 말했다. "그릇을 다 쓰면."

"하지만 다시 처음으로 가면 어떻게 되죠?" 앨리스가 조심스럽게 물었다.

"화제를 바꾸는 게 좋겠어." 삼월 토끼가 하품을 하며 끼어들었다.

"이 얘기가 슬슬 지겨워지고 있어. 어린 아가씨가 이야기를 들려주는 거에 한 표."

"유감스럽지만 난 아는 이야기가 없어요." 앨리스가 그 제안에 다소 놀라서 말했다.

"그럼 겨울잠쥐가 해! 일어나, 겨울잠쥐!" 삼월 토끼와 모자 장수가 동시에 소리치고는 겨울잠쥐의 양쪽 옆구리를 꼬집었다.

겨울잠쥐가 천천히 눈을 뜨고는 기운 없고 잔뜩 잠긴 목소리로 말했다. "자고 있던 거 아냐. 너희가 하는 얘기 다 들었어."

"이야기 하나 해 봐!" 삼월 토끼가 말했다.

"그래, 제발 해줘요!" 앨리스가 간청했다.

"빨리 서둘러. 안 그러면 이야기가 끝나기도 전에 다시 잠들 거잖아." 모자 장수도 말을 보탰다.

"옛날 옛날에 어린 세 자매가 살았는데, 이름이 엘시, 레이시, 틸리였어." 겨울잠쥐가 급하게 이야기를 시작했다. "세 자매는 우물 바닥에서 살았어 —"

"뭘 먹고 살았는데요?" 항상 먹고 마시는 문제에 관심이 많은 앨리스가 물었다.

"당밀을 먹고 살았어." 겨울잠쥐가 잠시간 생각한 뒤 말했다.

"그럴 수가 없었을 텐데. 그러면 병이 났을 거예요." 앨리스가 조심스럽게 지적했다.

"정말 그랬어. 심하게 병이 났지." 겨울잠쥐가 말했다.

앨리스는 그런 특이한 삶의 방식이 과연 어떨지 상상해 보려 했다. 그러나 너무 혼란스러워서 또 물었다. "하지만 왜 우물 바닥에서 사는 거죠?"

"차 좀 더 마셔." 삼월 토끼가 앨리스에게 매우 진심으로 권했다.

"난 아직 차를 하나도 안 마셨어요. 그러니 더 마실 수가 없죠." 앨리스가 언짢은 목소리로 대답했다.

"덜 마실 수 없다는 얘기겠지. 하나도 안 마신 상태에서 그보다 더 마시기는 쉬워."

"아무도 그쪽 의견은 안 물어봤거든요." 앨리스가 말했다.

"지금 인신공격을 하는 게 누군데?" 모자 장수가 의기양양하게 물었다.

앨리스는 뭐라고 말해야 할지 알 수 없었고, 그래서 차와 버터 바른 빵을 조금 먹고는 겨울잠쥐를 보며 똑같은 질문을 반복했다. "왜 우물 바닥에서 사는 거죠?"

겨울잠쥐는 이번에도 잠시 뜸을 들이다 말했다. "거긴 당밀 우물이었거든."

"그런 게 어딨어!?" 앨리스는 화가 나서 말하기 시작했지만, 모자 장수와 삼월 토끼가 "쉬잇, 쉬잇!" 했고, 겨울잠쥐는 부루퉁 해져서 말했다. "네가 예의 바르게 행동할 수 없다면, 이야기를 직접 끝내지 그래."

"아니에요, 제발 계속해 주세요!" 앨리스가 더없이 공손하게 말했다. "다시는 끼어들지 않을게요. 그런 우물이 하나쯤 있을 수도 있죠, 뭐."

"정말로 있다고!" 겨울잠쥐가 발끈해서 말했지만 결국 계속하기로 했다. "그래서 이 어린 세 자매는… 그리는 법을 배웠는데 ―"

"뭘 길었는데요?"♣ 앨리스가 약속을 깜빡하고 물었다.

"당밀." 겨울잠쥐가 이번에는 전혀 뜸들이지 않고 말했다.

"깨끗한 잔에 마시고 싶어. 모두 한 자리씩 옮기자." 모자 장수가 끼어들었다.

그가 말하면서 움직였고 겨울잠쥐가 그를 따랐다. 삼월 토끼는 겨울잠쥐의 자리로 옮겼고, 앨리스는 마지못해 삼월 토끼의 자리에 앉게 되었다. 자리를 바꿔서 이득을 본 건 모자 장수뿐이었고, 앨리스는 전보다 한참 나빠졌다. 삼월 토끼가 방금 실수로 우유병을 접시에 엎지른 것이다.

앨리스는 겨울잠쥐를 또다시 언짢게 하고 싶지 않아서 매우 조심스럽게 입을 열었다. "그런데 이해가 안 가요. 어디서 당밀을 길었어요?"

"물은 우물에서 뽑아내니까 당밀은 당밀 우물에서 긷지 않겠어, 멍청아?" 모자 장수가 말했다.

앨리스는 마지막 말은 못 들은 척하고 겨울잠쥐에게 말했다. "하지만 걔들은 우물 안에 있잖아요."

"물론 안에 잘 있지."♣ 겨울잠쥐가 말했다.

이 대답에 가엾은 앨리스는 너무 혼란스러워져서 한동안 끼어들지 않고 겨울잠쥐가 계속 말하도록 놔뒀다.

겨울잠쥐는 점점 잠이 쏟아지는 듯 하품을 하고 눈을 비비며

♠ 'draw'의 두 가지 뜻인 '그리다'와 '긷다'를 가지고 역시 동문서답을 하고 있는 것으로 보인다.

♣ 'well'은 명사로 '우물'이라는 뜻과 부사로 '잘'이라는 뜻이 있는데, 원문에서 앨리스는 "They were in the well."라고 말하며 전자로, 겨울잠쥐는 "They were well in."이라며 후자로 사용하고 있다.

말을 이었다. "자매는 그리는 법을 배웠고 온갖 것들을 그리기 시작했어. M으로 시작하는 모든 것을ㅡ"

"왜 M이에요?" 앨리스가 물었다.

"그러면 안 돼?" 삼월 토끼가 말했다.

앨리스가 침묵했다.

겨울잠쥐는 이미 눈을 감고 잠들었지만, 모자 장수가 꼬집어서 작은 비명과 함께 다시 깨어나 이야기를 계속했다. "쥐덫(mouse-trap), 달(moon), 기억(memory), 많음(muchness)처럼 M으로 시작되는 온갖 것들 말이야ㅡ'대동소이'(much of a muchness)라고 말들 하잖아ㅡ. 혹시 많음을 그린 걸 본 적이 있어?"

"지금 저한테 묻는 거예요?" 앨리스가 무척 혼란스러워 하며 말했다. "아마 없는 것 같은데…"

"그럼 잠자코 있어." 모자 장수가 말했다.

그건 앨리스가 참을 수 있는 한도를 넘어선 무례함이었다. 앨리스는 넌더리를 내며 일어서서 자리를 박차고 나왔다. 가면서 혹시 그들이 불러 주지 않을까 반쯤 기대하며 한두 번 돌아보았지만, 겨울잠쥐는 즉시 잠에 빠졌고 나머지 둘은 앨리스가 가는 것을 조금도 신경 쓰지 않았다. 마지막으로 돌아보았을 때, 그들은 겨울잠쥐를 찻주전자에 넣으려 하고 있었다.

"어차피 나도 거기 돌아갈 생각은 추호도 없으니까 뭐!" 앨리스가 조심조심 숲을 헤치고 나가며 말했다. "내 일생에 가장 멍청한 다과회였어!"

이렇게 말하는 순간, 앨리스는 어떤 나무에 안으로 통하는 문이 달려 있는 것을 발견했다. '정말 신기하네! 하지만 오늘은 모든 게 다 신기하니까 뭐. 당장 들어가 보는 게 좋겠어.' 앨리스가 이렇게 생각하고 안으로 들어갔다.

앨리스는 또 다시 기다란 복도에서 작은 유리 테이블 근처에서 있었다. "이제는 전보다 잘 해낼 수 있을 거야." 앨리스는 혼잣말을 하고는 작은 황금 열쇠를 가져가서 정원으로 통하는 문을 여는 것으로 시작했다. 그런 다음 몸이 30센티미터 정도로 줄어들 때까지 (주머니에 계속 넣고 다녔던) 버섯을 야금야금 뜯어 먹었다. 그런 다음 작은 통로를 걸어 내려갔고, 그런 다음 앨리스는 드디어 아름다운 정원으로 들어가 알록달록한 꽃밭과 시원한 분수 사이에 서 있는 자신을 발견했다.

8

여왕의 크로케 경기장

커다란 장미 나무 한 그루가 정원 입구 근처에 서 있었다. 거기서 자라는 장미는 흰색이었지만, 장미 나무를 관리하는 정원사세 명이 분주하게 장미 꽃잎에 붉은색 페인트를 칠하고 있었다. 앨리스는 이 광경이 너무 신기해서 자세히 보기 위해 더 가까이 다가갔고, 그들에게 도달한 순간 그중 한 명이 "조심해, 파이브! 나한테 페인트 튀기지 말라고!"라고 말하는 소리를 들었다.

"어쩔 수 없었어. 세븐이 내 팔꿈치를 쳤단 말이야." 파이브가 말했다.

그러자 세븐이 눈을 들고 말했다. "그래, 파이브! 넌 항상 남 탓을 하지!"

"너는 입 다무는 게 좋을 거야! 여왕님이 네 목을 베는 게 마땅하고 하신 게 겨우 어제였잖아." 파이브가 말했다.

"뭐 때문에?" 처음에 말했던 정원사가 물었다.

"네가 알 바 아니잖아, 투!" 세븐이 말했다.

"아니, 투도 알아야 해! 내가 말해 줄 거야." 파이브가 말했다. "얘가 조리사에게 양파 대신 튤립 구근을 가져다줬거든."

세븐이 붓을 던져 놓고 말하기 시작했다. "음, 천하의 부당한 일이야 ─" 그 순간 우연히 그의 눈길이 그들을 지켜보며 서 있는 앨리스에게 닿았다. 그는 갑자기 주춤했고, 나머지도 돌아보더니 모두 머리를 깊이 숙였다.

"왜 장미에 페인트칠을 하는지 말해 줄래요?" 앨리스가 조금 쭈뼛거리며 물었다.

파이브와 세븐은 아무 말 하지 않고 투를 쳐다봤다. 투가 낮은 목소리로 말하기 시작했다. "그게, 사실은 여기에 붉은 장미 나무를 심어야 하는 건데 우리가 그만 실수로 흰 장미 나무를 심고 말았습니다, 아가씨. 만일 여왕님이 아시게 되면, 우리 모두 모가지가 날아갈 겁니다. 그래서 우리는 여왕님이 오시기 전에 최선을 다해 ─" 이때 정원을 불안하게 훑어보던 파이브가 소리쳤다. "여왕님! 여왕님이다!" 세 명의 정원사가 즉시 얼굴을 땅에 대고 납작 엎드렸다. 여럿이 오는 발소리가 났고, 앨리스는 여왕을 보고 싶은 마음에 열심히 두리번거렸다.

제일 먼저, 클로버를 몸에 지닌 열 명의 병사들이 왔다. 이들은 모두 세 정원사와 비슷한 형태였는데 직사각형의 납작한 몸통 네 귀퉁이에 팔과 다리가 달려 있었다. 다음은 열 명의 조신들이었는데, 이들은 온몸이 다이아몬드로 장식되어 있었고, 병사들과 마찬가지로 둘씩 짝지어 걸었다. 다음으로 왕실의 아이들이 왔다. 이들은 열 명이었는데 작은 아이들은 둘씩 짝을 이뤄 손을 잡고 즐겁게 폴짝폴짝 뛰어 왔다. 모두들 하트로 장식되어 있었다. 다음으로 손님들이 왔다. 대부분 왕과 여왕들이었는데, 앨리스는 그들 사이에서 흰토끼를 발견했다. 토끼는 긴장한 듯 허둥지둥 말하며 무슨 말을 들을 때마다 미소 지었는데, 앨리스를 알아보지 못하고 지나갔다. 그런 다음, 왕관이 놓인 진홍색 벨벳 쿠션을 손에 든 하트의 잭이 뒤따랐다. 이 모든 긴 행렬의 마지막에 하트의 왕과 여왕♠이 왔다.

앨리스는 자신도 세 정원사처럼 납작 엎드려야 하나 생각했으나 그런 행렬 규칙에 대해 들은 기억이 없었다. '게다가 사람들이 모두 납작 엎드려 있다면 어차피 보지도 못할 텐데 행렬이 다 무슨 소용이겠어.' 앨리스는 이렇게 생각했고, 그래서 그 자리에 가만히 서서 기다렸다.

앨리스의 맞은편에 행렬이 도달했을 때, 그들은 모두 멈춰 서서 앨리스를 보았고, 여왕은 엄한 목소리로 말했다. "이건 누구냐?" 그녀는 하트의 잭에게 물은 거였지만, 그는 대답 대신 그저 고개를 숙이고 미소 지을 뿐이었다.

♠ king과 queen이 부부일 경우 '왕과 왕비' 또는 '여왕과 부군'으로 해석하는 것이 일반적이지만, 어느 쪽이 왕이거나 여왕인지, 혹은 공동 즉위한 것인지 명확하지 않고, 모두 트럼프 카드 속 인물들이므로 '왕과 여왕'으로 번역하였다.

"멍청이!" 여왕이 짜증스러운 듯 고개를 치켜들고 앨리스를 보며 말했다. "너는 이름이 무엇이냐, 꼬마야?"

"제 이름은 앨리스입니다, 폐하." 앨리스가 아주 예의 바르게 말했지만, 혼잣말로 이렇게 덧붙였다. "뭐야, 그냥 카드들일 뿐이잖아. 무서워할 필요 없겠어!"

"그리고 이것들은 누구냐?" 여왕이 붉은 장미 주변에 서 있는 세 명의 정원사를 가리키며 물었다. 그들은 얼굴을 바닥에 대고 엎드려 있었고 등에 있는 무늬가 나머지 카드들과 똑같았기 때문에, 여왕이 그들이 정원사인지 병사인지 조신인지 아니면 자신의 아이 세 명인지 구분할 수 없었던 것이다.

"제가 어떻게 알겠어요? 제 일도 아닌걸요." 앨리스가 말했다. 어디서 그런 용기가 났는지 스스로도 놀라웠다.

여왕은 노여움 때문에 얼굴이 시뻘게져서는 한동안 야수처럼 앨리스를 노려보다가 고함쳤다. "저년의 목을 쳐라! 목을 —"

"말도 안 돼요!" 앨리스가 크고 단호한 목소리로 말했고, 여왕은 침묵했다.

왕이 여왕의 팔에 손을 올리고 소심하게 말했다. "여보, 당신이 좀 감안해 주구려. 어린애일 뿐이잖소!"

여왕은 화가 나서 그를 외면하고 잭에게 말했다. "저것들을 뒤집어라!"

잭이 아주 조심스럽게 한 발로 그렇게 했다.

"일어나거라!" 여왕이 날카롭고 높은 목소리로 크게 말했고, 세 명의 정원사는 벌떡 일어나 왕과 여왕, 왕실의 아이들에게 허

리 굽혀 절하기 시작했다.

"그만하라! 어지럽다." 여왕이 고함쳤다. 그런 다음 장미 나무를 돌아보며 말했다. "너희들은 여기서 뭘 하고 있었느냐?"

"황공하옵니다. 폐하." 투가 한쪽 무릎을 꿇고 더없이 공손하게 말했다. "소인들은 폐하를 위해 ―"

"알 만하군!" 그동안 장미를 살펴보던 여왕이 말했다. "저놈들 목을 쳐라!" 행렬은 계속 움직였고 병사 중 세 명은 불운한 정원사들을 처형하기 위해 남았다. 정원사들은 앨리스에게 달려와 숨으려 했다.

"목이 베이는 일은 없을 거예요!" 앨리스가 말하고는 근처에서 있는 대형 화분 속에 그들을 들어가게 했다. 세 병사들은 잠시 동안 그들을 찾아다니다가 조용히 일행을 뒤따라갔다.

"목을 쳤느냐?" 여왕이 소리쳤다.

"쳤습니다, 폐하!" 병사들이 큰 소리로 대답했다.

"좋아!" 여왕이 큰 소리로 말했다. "크로케를 할 줄 아느냐?"

병사들은 말없이 앨리스를 보았다. 그 질문은 분명 앨리스에게 물은 것이기 때문이었다.

"예!" 앨리스가 크게 대답했다.

"그럼 따르거라!" 여왕이 포효하듯 말했고, 앨리스는 다음에 무슨 일이 벌어질지 궁금해 하며 행렬에 합류했다.

"아주… 아주 좋은 날이야!" 옆에서 웬 목소리가 쭈뼛거리며 말했다. 앨리스는 흰토끼 옆에서 걷고 있었고, 토끼는 초조한 듯 앨리스의 얼굴을 흘끔거리고 있었다.

"맞아." 앨리스가 말했다. "공작부인은 어디 있어?"

"쉬잇! 쉬잇!" 토끼가 낮고 다급한 목소리로 말하며 불안한 눈으로 뒤를 돌아보았다. 그러고는 키를 맞추기 위해 까치발을 하고 앨리스의 귀 가까이에 입을 대고 속삭였다. "사형선고를 받았어."

"어떻게?" 앨리스가 말했다.

"지금 '어, 딱해!'라고 했어?" 토끼가 물었다.

"아니, 안 그랬어. 난 전혀 딱하다고 생각하지 않아. 그냥 '어떻게?'라고 말했어." 앨리스가 말했다.

"공작부인이 여왕님의 뺨을 올려붙였거든 —" 토끼가 입을 열었고, 앨리스의 입에서 날카로운 웃음이 살짝 새어 나왔다. "야,

쉿!" 토끼가 겁먹은 목소리로 속삭였다. "여왕님이 들으시면 어쩌려고! 공작부인이 늦게 왔고, 여왕님이 말했지 ―"

그 순간 여왕이 "모두 제자리로!"라고 소리쳤고, 사람들이 이리저리 달리다가 서로 부딪쳐서 데굴데굴 굴렀다. 그러나 모두 금세 자리를 잡았고 경기가 시작되었다. 앨리스는 평생 그렇게 신기한 크로케 경기장은 본 적이 없었다. 그곳은 온통 이랑과 고랑이 져서 울퉁불퉁했고, 공은 살아 있는 고슴도치, 타구봉은 살아 있는 홍학이었다. 병사들은 손과 발을 바닥에 대고 몸을 구부려 아치 형태의 골대를 만들어야 했다.

앨리스가 처음 발견한 주된 어려움은 홍학을 다루는 거였다. 홍학의 다리를 아래로 내려뜨린 채 몸통을 겨드랑이에 충분히 편하게 끼는 것까지는 성공했다. 그런데 홍학의 목을 잘 펴고 머리로 고슴도치를 치려고 하는 순간, 녀석이 자꾸만 몸을 비틀어 어리둥절한 표정으로 앨리스의 얼굴을 올려다보는 바람에 터져 나오는 웃음을 도저히 참을 수 없었던 것이다. 그리고 홍학의 머리를 내리고 다시 시작하려 할 때, 고슴도치가 동그랗게 말렸던 몸을 풀고 기어가려는 것도 무척 약 올랐다. 게다가 고슴도치를 보내려는 곳마다 도중에 이랑이나 고랑이 있었고 몸을 휘고 있던 병사들이 항상 일어나서 다른 쪽으로 가 버렸기 때문에, 앨리스는 곧 이것이 정말 어려운 경기라는 결론에 도달했다.

참가자들은 순서를 기다리지 않고 모두 한꺼번에 경기를 했고, 내내 말다툼을 하고 고슴도치 때문에 싸웠다. 시간이 얼마 지나지 않아 여왕은 부아가 치밀어서 쿵쿵거리고 돌아다니며

1분에 한 번꼴로 "저놈의 목을 쳐라!", "저년의 목을 쳐라!" 하고 외쳐 댔다.

앨리스는 몹시 불편해지기 시작했다. 사실 아직까지 여왕과 아무런 갈등이 없었지만, 언제라도 그런 일이 벌어질 수 있다는 걸 알았기 때문이다. '그 순간이 오면 난 어떻게 되는 거지? 여기 사람들은 목을 베는 걸 아주 좋아하던데. 살아 있는 사람이 어떻게 남아 있는지가 큰 의문이야!'

앨리스가 탈출할 방법을 찾으며 어떻게 눈에 띄지 않고 빠져나갈 수 있을지 궁리하고 있는데, 허공에서 신기한 형체를 발견했다. 처음에는 무척 당황스러웠지만, 잠시 지켜본 뒤 그것이 함박웃음이라는 것을 알아차리고는 혼잣말을 했다. "체셔 고양이야. 이제 말 상대가 생겼네."

"좀 어때?" 말을 할 수 있을 만큼 입이 생기자마자 고양이가 말했다.

앨리스는 눈이 나타날 때까지 기다렸다가 고개를 끄덕였다. '귀가 생길 때까지는 말해 봐야 소용없어. 적어도 두 개 중 하나는 있어야지.' 다음 순간 머리 전체가 나타났고, 그러자 앨리스는 홍학을 내려놓고 경기에 대해 설명하기 시작했다. 자신의 말을 들어 줄 누군가가 있다는 게 무척 기뻤다. 고양이는 자신의 모습을 드러내는 건 이 정도면 충분하다고 생각한 듯 더 이상 나타나지 않았다.

"게임이 전혀 공정한 것 같지 않아." 앨리스가 불평하는 말투로 얘기하기 시작했다. "그리고 모두들 얼마나 지독히 싸우는지

자기 목소리도 안 들릴 정도로 시끄러워…. 그리고 딱히 규칙이란 게 없어 보여. 혹시 있는지 모르지만, 적어도 아무도 신경 쓰지 않는 것 같아. 그리고 경기에 쓰이는 모든 것들이 살아 있는 생물이라는 게 얼마나 혼란스러운지 넌 모를 거야. 예를 들어 내가 방금 골을 넣은 아치 모양 골대가 다음 순간 다른 쪽으로 걸어가 버려…. 그리고 내가 여왕의 고슴도치를 쳐 냈어야 했는데 고것이 내 고슴도치가 오는 걸 보더니 달아나 버리는 거야!"

"여왕님은 마음에 들고?" 고양이가 낮은 목소리로 말했다.

"전혀." 앨리스가 말했다. "여왕님은 극도로 ━" 바로 그 순간 앨리스는 여왕이 자기 바로 뒤에서 듣고 있다는 걸 알아차렸고, 그래서 말했다. "━우승할 가능성이 커서, 게임을 하나 마나 할 것 같아."

여왕이 미소 지으며 지나갔다.

"지금 누구에게 이야기하는고?" 왕이 앨리스가 있는 곳으로 올라가며 말하고는 고양이의 머리를 아주 신기하게 쳐다봤다.

"제 친구예요…. 체셔 고양이죠." 앨리스가 말했다. "제가 소개해 드릴게요."

"생긴 게 전혀 마음에 안 드는구나." 왕이 말했다. "하지만 원한다면 내 손에 입 맞추게 해주지."

"안 하는 게 좋겠습니다." 고양이가 말했다.

"방자하게 굴지 마라. 나를 그렇게 쳐다보지도 말고!" 왕은 앨리스의 뒤에 서서 말했다.

"고양이도 왕을 쳐다볼 수 있어요. 어떤 책에서 읽었는데 어디인지는 기억나지 않네요."

"음, 저걸 제거해야겠어." 왕이 아주 단호하게 말하고는 지나가던 여왕을 불렀다. "여보! 당신이 이 고양이를 제거해 주면 좋겠소!"

여왕이 크건 작건 모든 문제를 해결하는 방식은 오직 한 가지뿐이었다. "저놈의 목을 쳐라!" 그녀가 돌아보지도 않고 말했다.

"내가 직접 사형 집행인을 데려오겠어." 왕이 흥분해서 말하고는 서둘러 걸어갔다.

앨리스가 돌아가서 경기가 어떻게 되고 있는지 보는 게 좋겠다고 생각했다. 멀리서 여왕이 노여워하며 고함치는 소리가 들렸기 때문이다. 앨리스는 여왕이 순서를 놓쳤다는 이유로 이미 세 명에게 사형을 언도하는 것을 들었고, 돌아가는 꼴이 마음에 들지 않았다. 게임이 너무 혼란스러워서 지금이 자기 차례인지 아닌지도 알 수 없었다. 그래서 앨리스는 자기 고슴도치를 찾으러 갔다.

앨리스의 고슴도치는 다른 고슴도치와 싸우고 있었고, 앨리스에게는 이것이 둘 중 하나를 다른 하나로 쳐 낼 절호의 기회로 보였다. 유일한 어려움은 자신의 홍학이 정원의 다른 쪽으로 가 버렸다는 것이다. 그곳에서 홍학이 나무로 날아오르려고 다소 무기력하게 애쓰고 있는 것이 보였다.

앨리스가 홍학을 붙잡아서 다시 데려왔을 무렵에는 싸움이 이미 끝났고 고슴도치 두 마리 중 한 놈도 보이지 않았다. '하지만 그건 별로 중요하지 않아. 어차피 아치 골대가 모두 가 버렸으니까.' 앨리스는 이렇게 생각하고는 홍학이 또 도망치지 못하도록 겨드랑이에 낀 채 친구와 좀 더 대화를 나누기 위해 돌아갔다.

체셔 고양이에게 돌아갔을 때, 앨리스는 대규모 군중이 고양이 주위에 모여 있는 것을 보고 깜짝 놀랐다. 사형 집행인과 왕, 여왕 사이에 입씨름이 벌어지고 있었는데, 셋 다 동시에 말하고 있었다. 나머지 사람들은 조용했고 몹시 불편해 보였다.

앨리스가 나타난 순간, 세 사람 모두 문제를 해결해 달라고 부탁했다. 그들은 앨리스에게 자신의 주장을 거듭 말했지만, 모두 동시에 말했기 때문에 그들이 하는 말을 정확히 알아듣기 정말 힘들었다.

사형 집행인의 주장은 목이 붙어 있는 몸통이 없으면 목을 벨 수 없으며, 그런 일은 한 번도 해 본 적이 없고 그의 생전에 절대 하지 않을 거라는 얘기였다.

왕의 주장은 머리가 있는 모든 것은 목을 벨 수 있으며, 그러니 허튼소리 하지 말라는 거였다.

여왕의 주장은 이 사태를 해결하기 위해 당장 뭔가를 하지 않으면 그곳에 모인 전원을 처형하겠다는 거였다. (일행이 모두 그토록 심각하고 불안해 보인 것은 바로 이 마지막 말 때문이었다.)

앨리스는 달리 할 말이 생각나지 않아서 이렇게 말했다. "고양이는 공작부인의 것이에요. 공작부인에게 물어보는 게 좋을 것 같아요."

"그 여자는 감옥에 있어. 당장 이리로 데려와." 여왕이 사형 집행인에게 말했다. 사형 집행인은 쏜살같이 달려갔다.

　그가 가 버린 순간 고양이의 머리가 희미해지기 시작하더니, 그가 공작부인과 함께 돌아올 무렵에는 완전히 사라져 버렸다. 그래서 왕과 사형 집행인은 그것을 찾으려고 정신없이 뛰어다녔고, 나머지 일행은 다시 경기를 하러 갔다.

9

가짜 거북의 이야기

"얘야, 널 다시 보게 되어 얼마나 기쁜지 모르겠구나!" 공작부인이 다정하게 앨리스의 팔짱을 끼고 함께 걸었다.

앨리스는 공작부인의 기분이 그렇게 유쾌한 것을 보니 무척 기뻤고, 어쩌면 부엌에서 처음 만났을 때 공작부인이 사나웠던 건 순전히 후추 때문일지 모른다고 생각했다.

앨리스가 혼잣말을 했다. "내가 공작부인이라면(그러나 별로 바라는 목소리는 아니었다), 부엌에 아예 후추를 두지 않을 거야. 수프는 후추 없이도 맛있게 만들 수 있어. 어쩌면 사람들의 성미를 불같이 만드는 건 항상 후추인지도 몰라." 새로운 종류의 규칙을 알아낸 것에 매우 만족하며, 앨리스가 계속 말했다. "그리고 식초는 사람들을 시큰둥하게 만들고 캐모마일은 사람을 떨떨떠름하게 만들어. 그리고… 그리고 보리엿이나 뭐 그런 것들은

아이들을 상냥하게 만들지. 사람들이 그걸 알면 좋겠어. 그럼 그런 것들에 그렇게 인색하지 않을 텐데. 그렇잖아 — "

앨리스는 이 무렵 공작부인의 존재를 거의 까맣게 잊고 있었고, 그래서 귀 가까이에서 그녀의 목소리가 들렸을 때 좀 놀랐다. "딴생각을 하고 있나 보구나. 그러니까 말하는 것도 잊었지. 지금은 그것의 교훈이 무엇인지 너한테 말할 수 없다만, 잠시 후에 기억날 거야."

"어쩌면 교훈이 없을지도 모르죠." 앨리스가 용기 내 말했다.

"쯧쯧, 꼬마야! 모든 것에는 교훈이 있단다. 그걸 찾을 수만 있다면 말이야." 공작부인이 말하며 앨리스 쪽으로 몸을 밀착했다.

앨리스는 공작부인과 그렇게 가까이 있는 게 싫었다. 첫째, 공작부인이 몹시 못생겼기 때문이고, 둘째는 그녀의 키가 앨리스의 어깨에 턱이 딱 닿을 정도였기 때문이다. 날카로운 턱이 불편했지만 앨리스는 무례하게 굴고 싶지 않아서 최대한 참았다.

"경기가 이제 좀 나아지고 있어요." 앨리스가 대화를 이어 가기 위해 말했다.

"그래." 공작부인이 말했다. "그리고 여기서 교훈은 이거야. '세상을 돌아가게 만드는 건 사랑이다!'"

"누군가 그러던데요. 모두가 제 일에만 신경 쓰면 세상이 돌아간다고요!" 앨리스가 속삭였다.

"아, 뭐! 의미는 비슷하잖아." 공작부인이 말하고는, 날카롭고 작은 턱으로 앨리스의 어깨를 찌르며 덧붙였다. "그리고 여기서 교훈은 '의미를 소중히 여기면, 말소리는 저절로 따라온다'♠는 거야."

'온갖 데서 교훈을 찾는 걸 엄청 좋아하네!' 앨리스가 혼자 생각했다.

"내가 왜 네 허리에 손을 두르지 않는지 궁금하겠지? 이유는 네 홍학의 성격이 어떤지 확신할 수 없기 때문이야. 내가 실험을

♠ 원문은 "Take care of the sense, and the sounds will take care of themselves."로, "Take care of the pennies and the pounds will take care of themselves"(푼돈을 소중히 여기면, 큰돈은 저절로 따라온다)를 패러디한 문장이다.

해 볼까?" 공작부인이 말했다.

"깨물지도 몰라요." 앨리스는 전혀 실험을 하고 싶은 기분이 아니어서 조심스럽게 말했다.

"맞는 말이야." 공작부인이 말했다. "홍학은 깨물고 겨자는 톡 쏘지.♠ 여기서 교훈은 '같은 종류의 깃털을 가진 새들끼리 무리를 이룬다.' 즉, 유유상종이라는 거야."

"하지만 겨자는 새가 아닌걸요." 앨리스가 말했다.

"이번에도 맞는 말이야. 네가 똑 부러지게 정리를 잘 하는구나!" 공작부인이 말했다.

"제 생각에 그건 광물이에요." 앨리스가 말했다.

"물론 그렇지." 공작부인이 말했다. 그녀는 앨리스가 하는 모든 말에 동의할 준비가 된 것처럼 보였다. "이 근처에 커다란 겨자 광산이 있단다. 여기서 교훈은 '내 것♣이 많을수록 네 것은 적어진다'는 거지."

"아, 맞다!" 공작부인의 마지막 말을 듣고 있지 않던 앨리스가 외쳤다. "겨자는 채소예요. 생긴 것은 그렇게 보이지 않지만 채소예요."

"네 말에 동의해." 공작부인이 말했다. "그리고 여기서 교훈은 '생긴 대로 살아라.' 좀 더 단순히 말해 주길 원한다면, '너였거나

♠ 원문은 "flamingoes and mustard both bite". 'bite'는 '물다'와 '톡 쏘다'라는 뜻이 있다.
♣ 'mine'이 '광산'과 '내 것'이라는 다른 뜻이 있는 것을 이용한 말장난이다.

너였을 수도 있는 존재가 너였으나 남들에게 다르게 보였을 존재와 다르지 않으니 너 자신이 남에게 보이거나 보일 수도 있는 모습과 다르다고 상상하지 말라.'"

"제 생각에는 그걸 글로 쓴다면 더 잘 이해할 수 있을 것 같아요. 하지만 말씀으로 하시면 제가 따라갈 수가 없네요." 앨리스가 최대한 예의 바르게 말했다.

"그건 아무것도 아냐. 내가 작정하면 얼마든지 더 말할 수 있지." 공작부인이 만족스러운 목소리로 말했다.

"수고스럽게 더 길게 말씀하실 건 없어요." 앨리스가 말했다.

"이런, 수고라고 할 것 없어!" 공작부인이 말했다. "지금까지 내가 말한 모든 것은 너에게 주는 선물이란다."

'참 값싼 선물이네! 사람들이 그런 걸 생일 선물로 안 줘서 다행이야!' 앨리스가 생각했다. 그러나 그 생각을 감히 입 밖에 내지는 못했다.

"또 딴 생각을 하는구나?" 공작부인이 날카롭고 작은 턱으로 어깨를 또 한 차례 찌르며 말했다.

"제게도 생각할 권리가 있어요." 앨리스가 날카롭게 말했다. 슬슬 걱정이 되기 시작했기 때문이다.

"돼지에게 날아갈 권리가 있는 것처럼." 공작부인이 말했다. "여기서 교 —"

그러나 여기서 놀랍게도 공작부인의 목소리가 작아졌고 — 그녀가 가장 좋아하는 단어 '교훈'을 말하던 중이었는데도 — 앨리스에게 팔짱을 낀 팔이 덜덜 떨리기 시작했다. 앨리스가 눈을 들어 보니 당장이라도 날벼락을 칠 것처럼 인상을 쓴 여왕이 팔짱을 낀 채 서 있었다.

"날씨가 참 좋습니다, 폐하!" 공작부인이 낮고 힘없는 목소리로 말했다.

"미리 경고하는데, 너와 네 머리 중 하나가 사라져야 한다. 지금 당장! 선택해!" 여왕이 발을 쿵쿵 구르며 말했다.

공작부인은 곧바로 선택을 하고 사라졌다.

"경기를 계속하자." 여왕이 앨리스에게 말했고, 앨리스는 너무 무서워서 말 한 마디 못하고 여왕을 따라 크로케 경기장으로 돌아갔다.

다른 손님들은 여왕의 부재를 틈타 그늘에서 쉬고 있었지만, 여왕을 보는 순간 서둘러 다시 경기를 재개했다. 여왕은 1분만 지체해도 목숨을 내놓아야 할 거라고 말할 뿐이었다.

경기를 하는 내내, 여왕은 쉴 새 없이 다른 참가자를 트집 잡으며 "저놈의 목을 쳐라!" 또는 "저년의 목을 쳐라!"라고 외쳐 댔다. 사형선고를 받은 사람들은 병사들에게 끌려가서 감금되었는데, 병사들은 이 임무를 수행하기 위해 당연히 골대 역할에서 빠지게 되었다. 그 결과 반시간 만에 아치 골대가 남아나지 않았고, 왕과 여왕, 앨리스를 제외한 모든 참가자가 사형선고를 받고 감금되었다.

그때 여왕이 숨이 찬 듯 경기를 중단하고 앨리스에게 물었다. "가짜 거북을 본 적이 있느냐?"

"아뇨, 가짜 거북이 뭔지도 모르는걸요." 앨리스가 말했다.

"그건 가짜 거북 수프♠의 재료란다." 여왕이 말했다.

"금시초문입니다." 앨리스가 말했다.

"그럼 따라오너라. 가짜 거북이 자신의 사연을 들려줄 것이다." 여왕이 말했다.

걸어가면서 앨리스는 왕이 낮은 목소리로 일행에게 "너희는 모두 사면이다"라고 말하는 소리를 들었다. "휴, 다행이다!" 여왕이 사형선고를 너무 많이 해서 마음이 불편했던 앨리스가 혼잣말을 했다.

여왕과 앨리스는 곧 햇빛 속에 누워 잠들어 있는 그리폰을 마

_____

♠ 가짜 거북 수프는 18~19세기 영국에서 거북 수프의 인기가 올라 거북이 남획으로 수프 재료를 구하기 어려워지자 송아지 머리와 내장으로 비슷한 맛을 낸 요리이다. 그래서 삽화에 등장하는 가짜 거북은 거북이 몸통에 송아지 머리를 하고 있다.

주쳤다(그리폰이 뭔지 모르겠다면, 삽화를 보자). "일어나, 이 게으름뱅이!" 여왕이 말했다. "이 어린 아가씨를 데려가서 가짜 거북을 보여 주고 사연을 듣게 하거라. 난 돌아가서 처형이 잘 집행되는지 볼 테니까." 여왕은 앨리스를 그리폰과 단 둘이 있도록 남겨 두고 걸어갔다. 앨리스는 그 동물의 외모가 마음에 들지 않았지만, 야만스러운 여왕을 따라가는 것보다 그리폰과 함께 있는 편이 안전하겠다고 생각했고, 그래서 기다렸다.

그리폰이 일어나 앉아 눈을 비볐다. 그러고는 여왕이 보이지 않을 때까지 지켜보더니 키득거렸다. "정말 웃기네!" 그리폰이 말했다. 반은 혼잣말이었고, 반은 앨리스에게 하는 말이었다.

"뭐가 웃긴데?" 앨리스가 말했다.

"어, 여왕 말이야." 그리폰이 말했다. "그건 모두 여왕의 상상이야. 사실은 아무도 처형하지 않거든. 따라와!"

'여기서는 모두들 따라오라고 명령하네.' 앨리스가 그리폰을 천천히 따라가며 생각했다. '내 평생 이렇게 명령을 많이 받은 적은 없어! 한 번도.'

얼마 가지 않아서 저 멀리 작은 바위 턱에 애처롭고 외롭게 앉아 있는 가짜 거북이 보였다. 거리가 좀 더 가까워지자, 앨리스는 가짜 거북이 가슴 아프게 한숨짓는 소리를 들을 수 있었다. 앨리스는 가짜 거북에게 깊은 연민을 느꼈다. "쟤는 뭐 때문에 슬퍼하는 거야?" 앨리스가 그리폰에게 물었고, 그리폰은 전에 한 말과 거의 흡사하게 대답했다. "그건 모두 쟤의 상상이야. 쟤는 슬플 일이 없어. 따라와!"

그래서 그들은 가짜 거북에게 갔고, 거북은 눈물이 그렁그렁한 커다란 눈으로 그들을 보았지만 아무 말도 하지 않았다.

"이쪽은 어린 아가씨야." 그리폰이 말했다. "어린 아가씨가 네 사연을 알고 싶대."

"내가 말해 주지." 가짜 거북이 깊고 공허한 목소리로 말했다. "너희 둘 다 앉아. 그리고 내가 말을 끝낼 때까지 한 마디도 하지 말고."

그래서 그들은 앉았고, 몇 분 동안 아무도 말을 하지 않았다. '시작도 안 하는데 어떻게 끝낼 수 있을지 모르겠군.' 앨리스는 속으로 생각했지만 참을성 있게 기다렸다.

"한때는 나도 진짜 거북이었어." 마침내 가짜 거북이 깊은 한숨과 함께 입을 열었다.

이 말을 한 뒤에 아주 긴 침묵이 뒤따랐고, 가끔씩 들리는 그리폰의 '아이고' 하는 감탄사와 가짜 거북의 끊임없는 구슬픈 흐느낌만이 정적을 깼다. 앨리스는 하마터면 일어나서 "흥미로운 이야기 잘 들었어"라고 말할 뻔했지만, 분명 뭔가 더 나올 이야기가 있다는 생각이 들었고 그래서 아무 말 없이 가만히 앉아 있었다.

"우리가 어렸을 때 바다에서 학교에 다녔지." 가짜 거북이 마침내, 이따금 조금씩 흐느끼면서도 아까보다는 차분한 목소리로 다시 입을 열었다. "선생님은 늙은 거북이었어 ─ 우린 육지 거북이라고 불렀지 ─"

"육지거북도 아닌데 왜 육지거북이라고 불렀어?" 앨리스가 물

었다.

"그건 그분이 우리를 가르쳤기 때문이야.♠ 너 정말 멍청하구나!" 가짜 거북이 화난 목소리로 말했다.

"그런 단순한 질문을 하다니, 부끄러운 줄 알아." 그리폰이 맞장구를 쳤고, 둘은 가만히 앉아 가엾은 앨리스를 빤히 쳐다보았다. 앨리스는 땅속으로 꺼지고 싶은 기분이었다. 마침내 그리폰이 가짜 거북에게 말했다. "계속해, 친구! 온종일 이러고 있을 수

♠ '육지거북'(tortoise)과 '우리를 가르쳤다'(taught us)의 발음이 비슷하다.

는 없잖아!" 그러자 가짜 거북이 말했다.

"그래, 우린 바다에서 학교에 다녔어. 너는 믿지 않겠지만 —"

"믿지 않는다고 말한 적 없는데!" 앨리스가 끼어들었다.

"그렇게 말했잖아." 가짜 거북이 말했다.

"입 좀 다물어!" 앨리스가 다시 입을 열 겨를도 없이 그리폰이 말을 거들고 나섰다. 가짜 거북은 말을 이었다.

"우리는 최고의 교육을 받았지. 사실 매일 학교에 갔어 —"

"나도 매일 학교에 갔어. 그런 걸 가지고 그렇게 자랑스러워할 것 없어." 앨리스가 말했다.

"과외 수업도 받았어?" 가짜 거북이 조금 불안해하며 물었다.

"그래. 우린 불어와 음악을 배웠어." 앨리스가 말했다.

"빨래도?" 가짜 거북이 물었다.

"물론 아니지!" 앨리스가 짜증스럽게 말했다.

"아아! 그럼 너희 학교는 진짜 좋은 학교가 아니네." 가짜 거북이 크게 안도하는 목소리로 말했다. "우리 학교에서는 등록금 고지서 뒤에 '불어, 음악, 그리고 세탁 — 과외 수업'이라고 되어 있었어."

"넌 세탁 수업이 별로 필요 없었을 텐데. 바다 밑바닥에서 살잖아." 앨리스가 말했다.

"사실 그 수업을 들을 여유가 없었어." 가짜 거북이 한숨을 쉬며 말했다. "그래서 그냥 정규 수업만 들었지."

"그게 뭐였는데?" 앨리스가 물었다.

"물론 비틀거리기랑 몸부림치기로 시작해서, 다양한 산수 과

목이 있었지 — 야망, 오락, 추화, 조롱 같은 거."♠

"'추화'라는 건 들어본 적이 없는데. 그게 뭐야?" 앨리스가 조심스럽게 물었다.

그리폰이 놀라서 두 발을 번쩍 들었다. "뭐! 추화를 들어 본 적이 없다고!" 그리폰이 외쳤다. "미화가 뭔지는 알겠지?"

"그래. 그건… 뭐든지… 더 예쁘게 하는 거야." 앨리스가 자신 없어하며 말했다.

"좋아. 그런데도 추화가 뭔지 모른다면, 넌 바보야." 그리폰이 말했다.

앨리스는 거기에 대해 더 물어볼 용기가 나지 않았고, 그래서 가짜 거북을 보며 물었다. "또 뭘 배웠는데?"

"음, 신비가 있었어." 가짜 거북이 지느러미 발로 과목을 세며 대답했다. "고대 신비, 근대 신비, 해리, 그리고 느리게 말하기 — 느리게 말하기 선생님은 붕장어였는데, 그분은 일주일에 한 번씩 와서, 느리게 말하기와 스트레칭, 똬리 틀고 기절하기 등을 가르쳤지."♣

♠ 비틀거리기(Reeling)와 몸부림치기(Writhing)는 각각 읽기(Reading)과 글쓰기(Writing)의 장난스러운 변형이며, 야망(Ambition), 오락(Distraction), 추화(Uglification), 조롱(Derision)은 각각 덧셈(Addition), 뺄셈(Subtraction), 곱셈(Multiplication), 나눗셈(Division)의 장난스러운 변형이다.

♣ 느리게 말하기(Drawling), 스트레칭(Stretching), 똬리 틀고 기절하기(Fainting in Coil)는 소묘(Drawing), 스케치(Sketching), 유화(Painting in Oil)의 장난스러운 변형이며,

"그게 어떤 건데?" 앨리스가 물었다.

"음, 내가 직접 시범을 보일 수는 없어." 가짜 거북이 말했다. "난 몸이 너무 뻣뻣하거든. 그리고 그리폰은 배운 적이 없어."

"시간이 없었지." 그리폰이 말했다. "하지만 대신 고전 선생에게 갔어. 그 선생은 늙은 게였어. 그랬지."

"난 그 선생에게는 간 적이 없어." 가짜 거북이 한숨을 쉬며 말했다. "웃기와 슬픔을 가르쳤다고 하더라고."

"그랬지. 그랬어." 그리폰도 한숨을 쉬며 말했다. 그러더니 둘이서 앞발에 얼굴을 묻었다.

"하루에 몇 시간씩 수업을 들었어?" 앨리스가 화제를 바꾸려고 얼른 물었다.

"첫 날은 열 시간. 다음 날은 아홉 시간, 이런 식이야" 가짜 거북이 말했다.

"참 신기한 방식이네!" 앨리스가 외쳤다.

"그래서 수업이라고 불리는 거야." 그리폰이 말했다. "날마다 줄어드니까."♦

이것은 앨리스에게 새로운 생각이어서 잠시 생각해 본 다음 말했다. "그럼 11일째는 휴일이었겠네?"

신비(Mistery)는 역사(History), 해리(Seaography)는 지리(Geography)의 장난스러운 변형이다.

♦ lesson(수업)과 lessen(줄다)의 발음이 비슷한 것을 이용한 말장난이다.

"물론 그랬지." 가짜 거북이 말했다.

"그럼 12일째엔 어떻게 했어?" 앨리스가 진지하게 또 물었다.

"수업 얘기는 이 정도면 충분해." 그리폰이 아주 단호한 목소리로 말을 잘랐다. "이제 어린 아가씨한테 놀이에 대해 말해 줘."

10

바닷가재 춤

가짜 거북은 깊이 한숨을 쉬고는 한쪽 앞발의 등으로 눈가를 덮었다. 그리고 앨리스를 보며 말을 하려 했지만 흐느낌 때문에 목이 메어서 얼마간은 그럴 수 없었다. "목구멍에 가시가 걸린 거랑 비슷해." 그리폰이 말하고는 가짜 거북을 흔들고 등을 두들겨 주었다. 마침내 가짜 거북은 목소리를 회복했고, 눈물을 주룩주룩 흘리며 다시 말했다.

"너는 바다 밑에서 많이 살지 않았겠지 —" ("살지 않았지." 앨리스가 말했다.) "그리고 어쩌면 바닷가재를 접해 본 적도 없을걸." (앨리스가 입을 열어 "한번 맛보았 —"이라고 말하다가 아차 싶어서 얼른 멈추고 말했다. "아니, 없어.") "그러면 바닷가재 춤이 얼마나 멋진지 모를 거야!" 가짜 거북이 말했다.

"모르지. 그게 어떤 춤인데?" 앨리스가 말했다.

"음, 우선 바닷가에 한 줄로 서야 해 —" 그리폰이 말했다.

"두 줄이야!" 가짜 거북이 외쳤다. "바다표범, 거북, 연어 등등. 그리고 해파리를 모두 치운 뒤 —"

"그게 대체로 시간이 좀 걸리지." 그리폰이 끼어들었다.

"— 두 발 앞으로 나가는 거야." 가짜 거북이 말했다.

"각자 바닷가재 파트너와 같이!" 그리폰이 외쳤다.

"물론이지." 가짜 거북이 말했다. "두 발 앞으로 나가서 파트너와 마주보고 —"

"— 바닷가재를 바꾸고 같은 순서로 물러나는 거야." 그리폰이 말을 이었다.

"그런 다음, 던져 버려 —" 가짜 거북이 말을 이었다.

"바닷가재를!" 그리폰이 허공으로 껑충 뛰며 소리쳤다.

"— 바다로 최대한 멀리 —"

"헤엄쳐서 바닷가재를 따라가!" 그리폰이 외쳤다.

"바다에서 공중제비를 돌고!" 가짜 거북이 소리치며 미친 듯 깡충깡충 뛰었다.

"바닷가재를 다시 바꿔!" 그리폰이 목소리를 최고조로 높여 소리쳤다.

"다시 땅으로 돌아오면 첫 부분이 끝나." 가짜 거북이 갑자기 목소리를 낮추며 말했고, 미친 듯 날뛰던 두 동물이 다시 아주 구슬프고 조용하게 앉아 앨리스를 쳐다보았다.

"아주 예쁜 춤이겠다." 앨리스가 쭈뼛거리며 말했다.

"조금 보고 싶니?" 가까 거북이 말했다.

"아주 많이." 앨리스가 말했다.

"이리 와. 첫 부분만 해 보자!" 가짜 거북이 그리폰에게 말했다.

"바닷가재 없이도 할 수 있어. 그런데 누가 노래를 하지?"

"아, 네가 해. 난 가사를 까먹었어." 그리폰이 말했다.

그래서 그들은 앨리스를 가운데 두고 엄숙하게 춤을 추기 시작했고, 가끔씩 너무 가까이 지나가다가 앨리스의 발을 밟기도 하고 박자를 맞추느라 앞발을 흔들며 춤을 추었다. 그러는 내내 가짜 거북은 아주 천천히, 구슬프게 노래했다 —

"조금 빨리 걸어 줄래?" 대구가 달팽이에게 말했네.

"우리 뒤에서 바싹 따라오는 쇠돌고래가 내 꼬리를 자꾸 밟아.

바닷가재와 거북이 얼마나 열심히 앞으로 나가는지 봐!

그들이 자갈 해변에서 기다리고 있어 — 와서 함께 춤출래?

춤출래, 춤추지 않을래, 춤출래, 춤추지 않을래? 함께 춤출래?

춤출래, 춤추지 않을래, 춤출래, 춤추지 않을래? 함께 춤추지 않을래?"

"얼마나 즐거울지 넌 정말 모를 거야

그들이 우리를 집어 들어서 바닷가재와 함께 바다로 던지면!"

하지만 달팽이는 "너무 멀어, 너무 멀어!"라고 답하며 의심의 눈초리로 보았네.

대구에게 고맙지만 함께 춤을 추지는 않겠다고 상냥하게 말했지.

춤추지 않을 거야, 춤출 수 없어, 춤추지 않을 거야.

춤추지 않을 거야, 춤출 수 없어, 춤추지 않을 거야, 춤출 수 없어.

"얼마나 멀리 가는 게 무슨 문제야?" 비늘로 덮인 대구가 대답했네.

"반대편에도 해안은 있어.

영국에서 멀어질수록 프랑스에는 가까워지지.

그러니 사랑하는 달팽이야, 얼굴이 하얗게 질리지 말고 와서 함께 춤추자꾸나.

춤출래, 춤추지 않을래, 춤출래, 춤추지 않을래? 함께 춤출래?

춤출래, 춤추지 않을래, 춤출래, 춤추지 않을래? 함께 춤추지 않을래?"

"아주 흥미로운 춤을 보여 줘서 고마워." 마침내 춤이 끝난 것
에 아주 감사하며 앨리스가 말했다. "대구에 관한 신기한 노래도
정말 마음에 들어!"

"아, 대구에 대해 말하자면, 넌 대구를 당연히 본 적이 없겠
지?" 가짜 거북이 물었다.

"아니 봤어. 자주 봐. 저녁 식 一" 앨리스가 말하다가 아차 싶
어서 급하게 멈추었다.

"저녁 식이 뭔지 모르지만, 그렇게 자주 봤다면 당연히 그게
어떻게 생겼는지 알겠네."

"그럴 것 같아." 앨리스가 생각에 잠겨 말했다. "꼬리가 입에
들어가 있고, 온몸에 빵가루가 덮여 있지."

"빵가루에 대해서는 네가 틀렸어." 가짜 거북이 말했다. "바다
에서는 빵가루가 모두 쓸려나갈 거야. 하지만 꼬리가 입에 들어
있는 건 맞아. 그 이유는 一" 여기서 가짜 거북은 하품을 하고는
눈을 감고 그리폰에게 말했다. "그 이유는 네가 말해 줘."

"그 이유는 대구가 바닷가재와 춤추러 가기 때문이야." 그리
폰이 말했다. "그럼 바다에 던져질 테고, 한참 아래로 떨어질 거
야. 그래서 꼬리를 입에 꽉 물고 있는 거지. 그런 뒤에 다시 입에
서 빼지 못한 거야. 그게 다야."

"고마워. 아주 흥미롭네. 전에는 대구에 대해 그렇게 많이 생
각해 본 적이 없어." 앨리스가 말했다.

"원한다면 좀 더 얘기해 줄 수 있어. 그게 왜 대구(whiting)라고 불리는지 아니?" 그리폰이 말했다.

"그건 생각해 본 적이 없어. 왜 그런 거야?" 앨리스가 물었다.

"대구가 장화와 구두를 처리하기 때문이야." 그리폰이 아주 엄숙하게 대답했다.

앨리스는 완전히 어리둥절해져서 미심쩍은 목소리로 "장화와 구두를 처리한다고?"라고 똑같이 말했다.

"아이고, 네 구두를 뭘로 처리하니?" 그리폰이 물었다. "그러니까, 뭘로 반짝반짝 광을 내냐는 말이야."

앨리스가 구두를 내려다보며 잠시 생각한 뒤 대답했다. "검정 구두약으로 하는 것 같아."

"바다 속에 있는 장화와 구두는 하양 구두약♠으로 광을 내. 이제 알겠지."

"그럼 장화와 구두는 뭘로 만드는데?" 앨리스가 아주 호기심 어린 목소리로 물었다.

"물론 가자미와 뱀장어♣지." 그리폰이 짜증스러운 듯 대답했다. "새우라도 그 정도는 알겠다."

♠ 대구는 영어로 'whiting'인데 검정 구두약(blacking)과 짝을 이루어 'whiting'을 '하양 구두약'이라고 말장난을 치고 있다.

♣ sole은 '가자미'라는 뜻과 '신발 밑창'이라는 뜻이 있고, eel(뱀장어)는 heel(신발 굽)과 소리가 비슷하다.

"내가 대구라면 쇠돌고래에게 '제발 가까이 오지 마. 너랑 함께 있고 싶지 않아'라고 했을 거야." 여전히 그 노래가 뇌리에서 맴도는 앨리스가 말했다.

"하지만 쇠돌고래와 함께 있을 수밖에 없어." 가짜 거북이 말했다. "현명한 물고기라면 쇠돌고래 없이 아무 데도 가지 않을 거야."

"정말이야?" 앨리스가 깜짝 놀란 목소리로 물었다.

"물론이지. 물고기가 나에게 와서 여행을 갈 거라고 하면, 난 '무슨 쇠돌고래랑?'이라고 물을 거야." 가짜 거북이 말했다.

"혹시 '목적'◆을 말하는 거야?" 앨리스가 말했다.

"내가 말한 그대로야." 가짜 거북이가 언짢은 목소리로 대답했다. 그리폰이 덧붙였다. "자, 이제 네 모험담을 좀 들어 보자."

"내 모험담은 오늘 아침 일부터 말해 줄 수 있어. 하지만 어제로 돌아가는 건 소용없어. 어제의 나는 다른 사람이니까."

"전부 설명해 봐." 가짜 거북이가 말했다.

"아냐, 아냐! 모험 먼저 말해. 설명에는 시간이 엄청 많이 드니까." 그리폰이 조바심을 내며 말했다.

그래서 앨리스는 흰토끼를 처음 본 순간부터 시작하는 자신의 모험담을 얘기하기 시작했다. 처음에는 조금 긴장한 데다 두 동물이 눈을 너무 크게 뜨고 입을 크게 벌린 채 양쪽에서 너무

◆ porpoise(쇠돌고래)와 purpose(목적)의 소리가 비슷하다.

바싹 붙어 있어서 부담스러웠지만, 이야기를 하는 동안 점차 용기가 생겼다. 앨리스가 애벌레에게 「아버지 윌리엄, 이제 늙으셨어요」를 암송했는데 입에서 엉뚱한 말이 튀어나온 부분에 이를 때까지 두 청중은 쥐죽은 듯 조용했다. 그때 가짜 거북이 한숨을 쉬고 "그거 아주 신기하네"라고 말했다.

"모두 더없이 신기해." 그리폰이 말했다.

"엉뚱한 말이 튀어나왔다니!" 가짜 거북이 생각에 잠긴 듯 반복했다. "지금 얘가 뭔가를 암송하는 걸 들어야겠어. 시작하라고 네가 얘기해." 가짜 거북은 마치 그리폰이 앨리스에 대한 어떤 권한 같은 게 있는 것처럼 그리폰을 보며 말했다.

"일어나서 「그건 게으름뱅이의 목소리라네」♠를 암송해 봐." 그리폰이 말했다.

'동물들이 사람에게 이래라저래라 명령하고, 암송을 시키다니! 차라리 학교에 가는 편이 낫겠어.' 앨리스가 생각했지만 아무튼 일어나서 암송하기 시작했다. 그러나 머릿속이 온통 바닷가재 춤에 대한 생각으로 가득해서 자신이 무슨 말을 하는지도 알 수 없었고 말이 정말 이상하게 나왔다.

"그건 바닷가재의 목소리라네. 나는 바닷가재의 선언을 들었지.
'당신이 나를 너무 갈색으로 구웠으니, 나는 머리에 설탕을 뿌려

♠ 아이작 와츠의 시 「게으름뱅이」(The Sluggard)의 패러디이다.

야겠소.'

오리가 눈꺼풀로 그러듯, 바닷가재가 코로 벨트와 단추를 매만지고 발톱이 밖으로 향하게 했네.

모래가 마르면, 바닷가재는 종달새처럼 쾌활하지.

그리고 경멸하는 말투로 상어에 대해 말할 거야.

그러나 조수가 올라가고 상어가 근처에 오면,

겁먹어서 떨리는 목소리가 되지."

"내가 어렸을 때 외우던 것과 다른데." 그리폰이 말했다.

"음, 난 전에 이 시를 들어 본 적이 없지만, 완전 말도 안 되는 소리로 들려." 가짜 거북이 말했다.

앨리스는 아무 말 하지 않고, 얼굴을 손에 묻고 앉아서 뭐든 예전처럼 다시 자연스럽게 일어나는 날이 과연 올까 생각했다.

"난 설명을 듣고 싶어." 가짜 거북이 말했다.

"얘는 설명할 수 없어. 다음 절로 넘어가." 그리폰이 급하게 말했다.

"하지만 발끝은 어떻게 된 거야? 어떻게 코로 발끝이 밖을 향하게 할 수 있지?" 가짜 거북이 고집스럽게 물었다.

"그건 춤출 때 첫 번째 자세야." 앨리스가 말했지만 이 상황 전체가 끔찍하게 혼란스러워서 화제를 바꾸고 싶었다.

"다음 절로 넘어가." 그리폰이 조바심을 내며 거듭 말했다. "'나는 그의 정원 앞을 지나갔고'로 시작해."

앨리스는 또 말이 잘못 나올 걸 알면서도 거역할 엄두가 나지 않아서 떨리는 목소리로 계속했다.

"나는 그의 정원 앞을 지나갔고, 한눈에 알아차렸지.
올빼미와 흑표범이 어떻게 파이를 나누는지를 ―

흑표범은 껍질과 육즙과 고기를 갖고,
반면 올빼미는 자기 몫으로 접시를 챙겼네.
파이를 다 먹고, 올빼미는 요긴한 물건인,
숟가락을 챙기도록 허락을 받았지.
반면 흑표범은 칼과 포크를 받아 으르렁거렸지.
그리고 연회가 끝났네 ― "

"암송하면서 설명할 수 없다면 암송하는 게 무슨 소용이야. 이건 내가 들어 본 것 중 가장 혼란스러운 시야!" 가짜 거북이 끼어들었다.

"그래, 그만하는 게 좋겠어." 그리폰이 말했고, 앨리스는 더 없이 그러고 싶었다.

"바닷가재 춤을 좀 더 춰볼까?" 그리폰이 계속 말했다. "아니면 가짜 거북의 노래를 듣고 싶니?"

"아, 노래. 가짜 거북이 친절하게도 불러 주기만 한다면 정말 듣고 싶어." 앨리스가 너무 간절히 말해서 그리폰은 조금 언짢은 목소리로 말했다. "흠! 취향은 제각각이니까! 얘한테 「거북 수프」를 들려줄래, 오랜 친구?"

가짜 거북이 깊이 한숨을 쉬고 가끔은 흐느낌 때문에 목이 멘 소리로 노래하기 시작했다.

"진하고 푸르스름한 훌륭한 수프가,

뜨거운 그릇에서 기다리고 있네!

저렇게 맛깔스러운 것을 그 누가 떠먹지 않으랴?

저녁의 수프, 훌륭한 수프!

저녁의 수프, 훌륭한 수프!

후울-룽한 수-프!

후울-룽한 수-프!

저-어-녁의 수우-프,

훌륭하고 훌륭한 수프!

훌륭한 수프! 그 누가 물고기나

고기나 다른 요리를 원하랴?

그 누가 약간의 훌륭한 수프를 위해

다른 모든 것을 내놓지 않으랴?

약간의 훌륭한 수프를 위해?

후울-륭한 수우-프!

후울-륭한 수우-프!

저-어-녁의 수우 ― 프,

훌륭하고 훌륭한 수프!"

"후렴 다시!" 그리폰이 외쳤고, 가짜 거북이 후렴을 반복하려
는 순간 멀리서 "재판이 시작됐습니다!"라는 외침이 들렸다.

"서둘러!" 그리폰이 외치며 노래가 끝나기를 기다리지 않고
앨리스의 손을 잡아끌었다.

"무슨 재판인데?" 앨리스가 달리면서 헐떡거리며 물었지만,
그리폰은 "서둘러!"라고만 말하고 더 빨리 뛰었고, 그들 뒤로 바
람에 실려 온 구슬픈 노랫말이 점점 더 희미해졌다.

"저녁의 수우-프,

훌륭하고 훌륭한 수프!"

11

누가 타르트를 훔쳤나?

앨리스와 그리폰이 도착했을 때 하트의 왕과 여왕은 왕좌에 앉아 있었고, 온갖 작은 날짐승과 길짐승, 그리고 각종 카드로 이루어진 거대한 군중이 그들 주위에 모여 있었다. 잭이 그들 앞에 사슬로 묶인 채 서 있고, 그를 감시하기 위해 양쪽에 병사가 한 명씩 배치되어 있었다. 왕의 근처에서 흰토끼가 한 손에는 나팔을, 다른 한 손에는 양피지 두루마리를 들고 있었다. 법정 한가운데에는 테이블이 있고 그 위에 타르트가 담긴 커다란 접시가 놓여 있었다. 너무도 먹음직스럽게 보여서 앨리스는 곧바로 시장기를 느꼈다. '재판이 끝나고 다과를 돌리면 좋을 텐데.' 앨리스는 생각했지만 그럴 가능성은 없어 보였고, 그래서 주변을 둘러보며 시간을 보냈다.

앨리스는 법정에 가 본 적이 없었지만 책에서 법정에 대해 읽은 적이 있었고, 자신이 그곳에 있는 거의 모든 것의 이름을 알고 있다는 사실이 기뻤다. "커다란 가발을 쓰고 있는 걸 보니 저쪽이 판사야." 앨리스가 혼잣말을 했다.

그런데 판사는 왕이었다. 왕은 가발 위에 왕관을 쓰고 있었기 때문에 (어떻게 썼는지는 154쪽의 그림을 보라) 썩 편해 보이지 않았고 분명 어울리지도 않았다.

"그리고 저건 배심원석이고, 저기 저 열두 마리의 짐승들(여기서 짐승이라는 표현을 쓸 수밖에 없었던 이유는 일부는 길짐승이고 일부는 날짐승들이기 때문이다)은 아마 배심원인 것 같아." 앨리스는 내심 자랑스러워하며 '배심원'이라는 단어를 두세 번 되뇌었다. 자기 나이에 그런 것들의 의미를 아는 여자아이는 아주 드물다고 생각했기 때문이고, 그렇게 생각할 만했다. 하지만 배심원단이라고 해도 상관없을 것이다.

열두 명의 배심원은 모두 석판에 뭔가를 적느라 분주했다. "배심원들이 뭘 하는 거야? 재판이 시작하기 전까지는 아무것도 적을 게 없잖아." 앨리스가 그리폰에게 속삭였다.

"자기 이름을 적는 거야. 재판이 끝나기 전에 잊어버릴까 봐 그래." 그리폰이 소곤소곤 대답했다.

"멍청한 것들!" 앨리스가 어이없는 목소리로 크게 말하다가 급히 멈추었다. 흰토끼가 "법정에서 정숙하세요!"라고 소리쳤고, 왕이 안경을 쓰고는 누가 떠드는지 보려고 신경질적으로 두리번거렸기 때문이다.

앨리스는 모든 배심원들이 석판에 '멍청한 것들!'이라고 적는 것을 어깨 너머로 넘겨다 보듯 훤히 볼 수 있었다. 심지어 그중 하나가 '멍청한'의 철자를 몰라서 옆에 있는 배심원에게 물어보는 것까지 알아볼 수 있었다. '저러다 재판이 끝나기도 전에 석판이 엉망진창이 되겠어!' 앨리스가 생각했다.

배심원 중 하나의 석필이 끽끽거렸다. 당연히 앨리스는 참을 수 없었고, 법정을 빙 돌아 그의 뒤로 가서 곧 기회를 틈타 석필을 빼앗았다. 너무도 순식간에 일어난 일이라 가엾은 작은 배심원(그것은 도마뱀 빌이었다)은 대체 무슨 일인지 영문을 몰랐고, 그래서 석필을 계속 찾다가 실패하여 나머지 시간 내내 손가락으로 필기해야 했다. 그런데 그래 봐야 석판에 전혀 표시가 되지 않기 때문에 아무 소용이 없었다.

"전령관, 기소장을 읽어라!" 왕이 말했다.

그러자 흰토끼가 나팔을 세 번 불고는 양피지 두루마리를 펼쳐서 읽기 시작했다.

"하트의 여왕께서 온종일
몸소 타르트를 만드셨는데,
하트의 잭이 타르트를 훔쳐
멀리 달아났다!"

"평결을 내리라." 왕이 배심원단에게 말했다.

"아직, 아직 아닙니다!" 토끼가 다급하게 끼어들었다. "그전에 해야 할 일이 많습니다!"

"첫 번째 증인을 소환하라." 왕이 말했고 흰토끼가 나팔을 세 번 불고는 소리쳤다. "첫 번째 증인!"

첫 번째 증인은 모자 장수였다. 그는 한 손에는 찻잔을, 다른 손에는 버터 바른 빵을 들고 나왔다. "이것들을 가져오게 되어 송구합니다, 폐하." 그가 입을 열었다. "제가 아직 다과를 다 먹지 못했을 때 부름을 받았나이다."

"다 먹고 왔어야지." 왕이 말했다. "언제 먹기 시작했느냐?"

모자 장수가 자신을 따라 겨울잠쥐와 팔짱을 끼고 법정에 들어온 삼월 토끼를 보며 말했다. "3월 14일인 것 같습니다."

"15일이야." 삼월 토끼가 말했다.

"16일." 겨울잠쥐가 덧붙여 말했다.

"받아 적으라." 왕이 배심원석을 향해 말했고, 배심원들이 석판에 세 개의 날짜를 열심히 받아 적은 다음 날짜를 더해서 그 답을 실링과 페니로 환산해 적었다.

"네 모자를 벗거라." 왕이 모자 장수에게 말했다.

"이건 제 모자가 아닙니다." 모자 장수가 말했다.

"절도다!" 왕이 배심원단을 보며 외쳤고, 배심원단은 그 사실을 메모했다.

"저는 팔기 위해 모자를 보관해 둡니다." 모자 장수가 설명을 덧붙였다. "하나도 제 것이 아니지요. 저는 모자 장수입니다."

이때 여왕이 안경을 쓰고 모자 장수를 빤히 쳐다보기 시작했고, 모자 장수는 얼굴이 창백해져서 안절부절못하고 있었다.

"증언하라. 그리고 그렇게 긴장하지 말고. 안 그러면 현장에서 처형할 테니까." 왕이 말했다.

이 말이 증인에게 용기를 북돋운 것 같지는 않았다. 그는 계속 양쪽 다리에 번갈아 가며 체중을 싣고 불안하게 여왕을 바라보았고, 너무도 당황하여 버터 바른 빵이 아닌 찻잔을 깨물었다.

바로 이 순간, 앨리스는 아주 신기한 감각을 느꼈고, 그것이 뭔지 파악할 때까지 몹시 어리둥절했다. 앨리스는 다시 몸이 커지고 있었던 것이다. 처음에는 당장 일어나서 법정을 떠나야겠다고 생각했지만, 다음 순간 공간이 허락될 때까지 남아 있기로 마음먹었다.

"그렇게 밀착하지 좀 마. 숨을 쉴 수가 없잖아." 옆에 있던 겨울잠쥐가 말했다.

"나도 어쩔 수 없어. 내 몸이 점점 자라고 있거든." 앨리스가 힘없이 말했다.

"여기서 넌 자랄 권리가 없어." 겨울잠쥐가 말했다.

"말도 안 되는 소리 하지 마. 너도 자라고 있잖아." 앨리스가 대담하게 말했다.

"그래, 하지만 나는 합리적인 속도로 자란다구. 그렇게 터무니없는 속도가 아니라." 겨울잠쥐가 말하고는 아주 뚱하게 일어나서 법정을 가로질러 반대편으로 갔다.

이러는 내내 여왕은 모자 장수에게 눈을 떼지 않았고, 겨울잠쥐가 법정을 가로지른 순간 그녀는 법정 관리 중 한 명에게 말했다. "지난 번 음악회의 가창자 명단을 가져오거라." 그러자 모자 장수가 벌벌 떨었는데, 어찌나 떨었는지 양쪽 신발이 벗겨질 정도였다.

"증언하라. 안 그러면 네가 긴장하건 긴장하지 않건 처형하겠다." 왕이 화가 나서 거듭 말했다.

"저는 불쌍한 사람입니다, 폐하." 모자 장수가 떨리는 목소리로 입을 열었다. "제가 다과를 먹기 시작한 지… 일주일 정도밖에 되지 않았고… 그런데 왜 그렇게 버터 바른 빵이 얇아지는지…. 그리고 차의 반짝임이 ― "

"뭐의 반짝임이라고?" 왕이 물었다.

"반짝임은 차(tea)로 시작했습니다." 모자 장수가 대답했다.

"물론 반짝임은 T로 시작하지."♠ 왕이 날카롭게 말한다. "나를

바보 취급하는 게냐? 계속해!"

"저는 불쌍한 사람입니다." 모자 장수가 계속했다. "그때부터 대부분의 것들이 반짝이기 시작했습니다…. 삼월 토끼가 말했는데―"

"저는 안 했습니다!" 삼월 토끼가 다급하게 끼어들었다.

"했잖아!" 모자 장수가 말했다.

"저는 부인합니다!" 삼월 토끼가 말했다.

♠ Tea(차)가 '티'로 발음되기 때문에, 모자 장수는 차(tea)가 제일 먼저 반짝이기 시작하여 모든 것이 반짝였다는 말을 했으나, 왕은 반짝임(twinkling)이 티(T)로 시작된다는 소리로 오해한 상황이다.

"저 자가 부인한다." 왕이 말했다. "그건 적지 말거라."

"음, 아무튼 겨울잠쥐가 말했습니다." 모자 장수는 다시 말을 하면서 겨울잠쥐도 부인할지 보려고 불안하게 돌아보았지만, 겨울잠쥐는 잠들어 있어서 아무것도 부인하지 않았다.

"그 다음에, 저는 버터 바른 빵을 좀 더 잘랐습니 —"

"그런데 겨울잠쥐가 뭐라고 말했죠?" 한 배심원이 물었다.

"그건 기억이 안 납니다." 모자 장수가 말했다.

"기억해 내야 한다. 안 그러면 널 처형하겠다." 왕이 말했다.

가엾은 모자 장수는 찻잔과 버터 바른 빵을 손에서 놓고 한쪽 무릎을 꿇었다. "저는 불쌍한 사람입니다, 폐하." 그가 또 말했다.

"너는 말주변이 참 없구나."♠ 왕이 말했다.

이때 기니피그 한 마리가 환호성을 질렀고 법정 관리들에게 즉시 제압당했다('제압'이라는 단어가 좀 어려울 수 있으니, 어떻게 제압했는지 설명하겠다. 그들은 끈으로 입구를 여미는 커다란 캔버스 천 자루를 가져와서 기니피그를 머리부터 뒤집어씌운 다음 그 위에 앉았다).

'이 장면을 봐서 좋아.' 앨리스는 생각했다. '재판이 끝나고 박수를 치려는 시도가 있었지만 법정 관리에게 즉시 제압됐다는

♠ 모자 장수와 왕이 'poor'의 다른 뜻을 말하고 있다. 모자 장수는 자신을 '불쌍한 사람'(poor man)이라고 말하자 왕이 '말주변이 없다'(poor speaker)고 받아친다.

신문기사를 자주 읽었는데, 지금까지 그게 무슨 뜻인지 이해할 수 없었거든.'

"그게 네가 아는 전부라면 내려가도 좋다." 왕이 말했다.

"더 내려갈 수가 없습니다. 저는 지금 바닥에 있거든요." 모자 장수가 말했다.

"그럼 앉아도 좋다." 왕이 대답했다.

이때 또 다른 기니피그가 환호성을 질렀고, 역시 제압당했다.

'음, 이제 기니피그는 끝이군! 분위기가 좀 나아지겠어.' 앨리스가 생각했다.

"저는 다과를 마저 먹으러 가고 싶습니다." 모자 장수가 가창자 명단을 읽고 있는 여왕을 초조한 눈으로 보며 말했다.

"가도 좋다." 왕이 말하자 모자 장수는 신발을 신을 겨를도 없이 부랴부랴 법정을 떠났다.

"나가서 목을 쳐라." 여왕이 관리 중 한 명에게 말했지만, 모자 장수는 관리가 문가에 도달하기 전에 시야에서 사라졌다.

"다음 증인을 불러라!" 왕이 말했다.

다음 증인은 공작부인의 조리사였다. 그녀는 후추 통을 손에 들고 왔는데, 앨리스는 문가에 있는 사람들이 동시에 재채기를 하는 것을 보고 그녀가 법정에 들어오기도 전에 누구인지 짐작할 수 있었다.

"증언하라." 왕이 말했다.

"못합니다." 조리사가 말했다.

왕이 불안한 눈으로 흰토끼를 보자 토끼는 낮은 목소리로 말했다.

"폐하께서 이 증인에게 반대신문을 하셔야 합니다."

"음, 해야 한다면 해야지." 왕이 침울한 분위기로 말했다. 그리고 팔짱을 끼고는 눈이 안 보일 만큼 조리사에게 눈살을 찌푸린 뒤, 굵은 목소리로 말했다. "타르트는 무엇으로 만드느냐?"

"대부분 후추입니다." 조리사가 말했다.

"당밀." 그녀의 뒤에서 졸린 목소리가 말했다.

"저 겨울잠쥐를 체포하라." 왕이 비명을 지르듯 날카롭게 소리쳤다. "저 겨울잠쥐를 참수하라! 저 겨울잠쥐를 법정에서 끌어내라! 저놈을 제압하라! 저놈을 꼬집어라! 수염을 뽑아라!"

겨울잠쥐가 끌려 나가는 동안 법정 전체가 소란스러워졌고, 그들이 다시 자리를 잡았을 무렵 조리사는 사라지고 없었다.

"신경 쓰지 말라!" 왕이 안도하는 목소리로 말했다. "다음 증인을 불러라!" 그리고 왕은 작은 목소리로 여왕에게 덧붙였다. "여보, 다음 증인은 당신이 반대신문을 해야겠소. 난 반대신문만 생각하면 머리가 아파서!"

앨리스는 흰토끼가 명단을 만지작거리는 것을 지켜보며 과연 다음 증인은 어떨지 궁금한 생각이 들었고 그래서 혼잣말을 했다. "아직까지 별로 증언이랄 게 없었잖아." 그러니 흰토끼가 날카로운 작은 목소리로 목청껏 "앨리스"라고 이름을 불렀을 때 앨리스가 얼마나 놀랐을지 상상해 보라.

12

앨리스의 증언

"여기요!" 앨리스가 지난 몇 분 동안 자신이 얼마나 커졌는지를 망각하고 큰 소리로 대답하며 벌떡 일어났다. 그 순간 치맛자락에 걸려 배심원석이 뒤집어졌고, 그 바람에 배심원들 모두 아래쪽에 있는 군중들의 머리 위로 넘어졌다. 거기서 그들은 여기저기 큰대자로 뻗어 있었는데 그 모습을 본 앨리스는 2주 전에 자신이 실수로 엎은 금붕어 어항이 떠올랐다.

"어머, 죄송합니다!" 앨리스가 대경실색한 목소리로 외치고는 최대한 빨리 배심원들을 일으켜 세우기 시작했다. 금붕어 어항 사고가 계속 생각났기 때문이다. 그리고 그들을 즉시 모아서 배심원석에 다시 집어넣지 않으면 죽게 될 거라는 생각이 막연하게 들었다.

"배심원들이 모두 제자리로 돌아갈 때까지 재판을 진행할 수 없다." 왕이 아주 준엄한 목소리로 말하고는 앨리스를 노려보며 '모두'라는 말을 힘주어서 거듭 말했다.

앨리스는 배심원석을 보고 자신이 급한 마음에 도마뱀을 거꾸로 집어넣은 것을 알게 되었다. 가엾은 작은 것은 움직이지도 못하고 처량하게 꼬리를 흔들고 있었다. 앨리스는 곧 도마뱀을 다시 꺼내서 제대로 집어넣고 혼잣말을 했다. "그건 그리 중요하지 않아. 이렇게 하나 저렇게 하나 재판에서는 큰 차이도 없을 거야."

배심원단이 뒤집힌 충격에서 조금 회복되고 석판과 석필을 다시 전달받자마자, 모두 부지런히 사고 기록을 적어 내려갔다. 단, 도마뱀만은 충격에서 헤어나지 못하고 입을 벌린 채 법정 천장을 멍하니 올려다보는 것 외에 아무것도 할 수 없는 듯했다.

"넌 이 일에 대해 무엇을 아느냐?" 왕이 앨리스에게 물었다.

"아무것도요." 앨리스가 말했다.

"아무것도 전혀?" 왕이 집요하게 물었다.

"아무것도 전혀요." 앨리스가 말했다.

"그건 매우 중요하다." 왕이 배심원들을 돌아보며 말했다. 그들이 석판에 그렇게 적기 시작하는 순간, 흰토끼가 끼어들었다. "물론 폐하께서는 중요하지 않다는 뜻으로 말씀하신 겁니다." 그가 아주 존중하는 목소리로 말했지만, 말할 때 눈살을 찌푸리고 인상을 썼다.

"물론 중요하지 않다는 말이었다." 왕이 얼른 말하고는 낮은 목소리로 혼잣말을 했다.

"중요하다, 중요하지 않다, 중요하다, 중요하지 않다…" 마치 어떤 말이 가장 좋게 들리는지 시험하고 있는 것 같았다.

어떤 배심원은 '중요하다'라고 적은 반면, 어떤 배심원은 '중요하지 않다'라고 적었다. 앨리스는 배심원들의 석판을 넘겨다볼 만큼 가까이 있어서 이것을 볼 수 있었고, 혼자 생각했다. '하지만 뭐라고 쓰든 아무 상관도 없어.'

그 순간 한동안 공책에 뭔가를 열심히 쓰던 왕이 큰소리로 "조용!"이라고 말한 뒤 내용을 읽었다. "법 42조. 키가 1.6킬로미터가 넘는 모든 사람은 법정에서 나간다."

모두들 앨리스에게 시선을 돌렸다.

"저는 1.6킬로미터가 아니에요." 앨리스가 말했다.

"아니 맞아." 왕이 말했다.

"3킬로미터는 되겠어." 여왕이 덧붙였다.

"음, 어쨌든 저는 나가지 않을래요." 앨리스가 말했다. "게다가 그건 정식 법도 아니잖아요. 방금 여기서 만드신 거죠."

"그건 이 책에서 가장 오래된 법이야." 왕이 말했다.

"그럼 1조여야죠." 앨리스가 말했다.

왕은 얼굴이 하얘져서 얼른 공책을 덮고는 떨리는 낮은 목소리로 배심원단에게 말했다. "평결을 내리라."

"송구하지만 아직 증거가 더 있습니다." 흰토끼가 다급하게 펄쩍 뛰며 말했다. "이 문서를 방금 입수했습니다."

"거기 무슨 내용이 있느냐?" 여왕이 물었다.

"아직 열어 보지 않았지만, 죄수가 쓴 편지로 보입니다. 누군가에게요." 흰토끼가 말했다.

"틀림없이 그럴 테지. 아무에게도 쓰지 않은 게 아니라면. 그건 흔한 경우가 아니잖아."

"누구 앞으로 되어 있습니까?" 배심원 중 하나가 물었다.

"누구 앞으로도 되어 있지 않아요. 사실밖에 아무것도 써 있지 않소." 토끼가 이렇게 말하며 문서를 펼치고 덧붙였다. "알고 보니 편지가 아니군요. 이건 일종의 시입니다."

"피고의 필체로 써 있습니까?" 다른 배심원이 말했다.

"아뇨, 그렇지 않습니다. 그게 참으로 이상합니다." (배심원단은 모두 어리둥절한 표정이었다.)

"피고가 누군가의 필체를 흉내 낸 게 분명해." (배심원단의 얼굴이 다시 밝아졌다.)

"폐하, 저는 그것을 쓰지 않았습니다. 그리고 제가 했다는 증거도 없습니다. 끝에 서명도 없잖습니까." 잭이 말했다.

"네가 서명하지 않았다면, 문제가 더 심각해질 뿐이다. 네가 나쁜 마음을 먹은 게 분명하니까. 정직한 사람이라면 서명을 했겠지." 왕이 말했다.

그러자 여기저기서 박수가 터져 나왔다. 그것은 왕이 그날 한 말 중에 유일하게 똑똑한 말이었다.

"그것이 저놈이 유죄라는 증거다." 여왕이 말했다.

"그건 아무런 증거가 되지 않아요!" 앨리스가 말했다. "그게 어떤 내용인지 알지도 못하시잖아요!"

"그것을 읽어라." 왕이 말했다.

흰토끼가 안경을 쓰곤 물었다. "어디부터 시작할까요, 폐하?"

"시작부터 시작해라." 왕이 진지하게 말했다. "그리고 끝까지 읽고, 그런 다음 멈추어라."

흰토끼가 읽은 시는 다음과 같았다.

"그들은 내게 말했네. 네가 그녀에게 왔다 갔다고,

그리고 그에게 나에 대해 말했다고,

그녀는 나를 칭찬했지만,

내가 수영을 못한다고 말했다고.

그는 내가 가지 않았다는 말을 전했지.

(우린 그게 사실이라는 걸 알아):

그녀가 그 문제를 계속 밀어붙인다면,

넌 어떻게 될까?

난 그녀에게 하나를 줬고, 그들은 그에게 둘을 줬고,

넌 우리에게 셋 이상을 줬지.

그것들이 모두 그에게서 너에게로 돌아갔어.

전에는 그것들이 내 것이었건만.

그녀나 내가 이 문제에

관여하게 된다면,

그는 너를 믿고 그것들을 풀어 주게 할 거야,

정확히 우리가 그랬던 것처럼.

내 생각에 넌
(그녀가 이 발작을 하기 전에)
그와 우리 사이의
장애물이었어.

그녀가 그것들을 가장 좋아한다는 걸
그에게 알리지 마.
다른 누구도 모르는
너와 나만의 비밀이니까."

"그건 지금까지 들은 것 중에 가장 중요한 증거로군." 왕이 눈을 비비며 말했다. "그러니 이제 배심원단이 평결을 —"

"배심원 중에 누가 이 시를 설명할 수 있다면 6펜스를 걸겠어요." 앨리스가 말했다. (몇 분 만에 몸이 어찌나 커졌는지 왕이 말하는 데 끼어들면서도 조금도 무섭지 않았다.) "거기에는 아무런 의미도 없다고 생각해요."

배심원단은 석판에 모두 받아 적었다. '증인은 거기에 어떤 의미도 없다고 생각한다.' 그러나 누구도 문서에 대해 설명하려고 시도하지 않았다.

"거기 아무 의미도 없다면, 우리가 아무것도 찾으려 할 필요가 없으니 많은 수고를 면할 수 있겠지. 하지만 잘 모르겠구나."

왕이 말하고는 무릎 위에 시를 펼쳐 놓고 한쪽 눈으로 내려다보며 말을 이었다. "내가 지금 여기서 어떤 의미를 본 것 같은데. '내가 수영을 할 수 없다고 말했다.' … 너는 수영을 할 수 없지 않느냐?" 그가 잭 쪽으로 고개를 돌리며 말했다.

잭이 슬프게 고개를 저었다. "제가 할 수 있을 걸로 보이십니까?" 그가 물었다. (사실 그는 온몸이 마분지로 만들어져서 누가 봐도 수영할 수 없었다.)

"지금까지는 좋아." 왕이 말하고는 시를 혼잣말로 중얼거렸다. "'우리는 그게 사실이란 걸 알아.' 그건 물론 배심원을 뜻해. '나는 그녀에게 하나를 주었고, 그들은 그에게 둘을 주었고,' 이런, 이건 잭이 타르트와 어떤 관계가 있는지를 말해 —"

"하지만, '그것들은 모두 그에게서 너에게로 돌아갔다'고 하잖아요." 앨리스가 말했다.

"이런, 저기 타르트가 있네!" 왕이 의기양양하게 테이블 위의 타르트를 가리키며 말했다. "이보다 더 명백한 건 없어. '그녀가 이 발작(fit)을 하기 전에 —' 그런데 당신은 발작을 한 적이 없잖소?" 그가 여왕에게 말했다.

"절대요!" 여왕이 진노해서 잉크를 도마뱀에게 집어던지며 말했다. (이때까지 불운한 작은 빌은 손가락으로 글씨를 쓰다가 석판에 아무런 표시도 남지 않자 쓰기를 중단하고 있었지만, 이제 얼굴에 흘러내리는 잉크를 이용해 얼른 다시 쓰기 시작했다.)

"그럼 그 말이 당신에게 맞지(fit) 않는구려." 왕이 말하고는 미소 지으며 법정을 둘러보았다. 법정 안은 쥐 죽은 듯 고요했다.

"말장난이야!" 왕이 언짢은 목소리로 덧붙였고, 그러자 모두 들 웃었다. "이제 배심원단은 평결을 내리라." 왕은 그날 그 말을 스무 번쯤 했다.

"안 돼요, 안 돼!" 여왕이 말했다. "선고가 먼저, 평결이 나중이에요."

"말도 안 되는 소리예요! 선고를 먼저 한다는 건!" 앨리스가 큰 소리로 말했다!

"입 다물지 못할까!" 얼굴이 자줏빛이 된 여왕이 말했다.

"싫어요!" 앨리스가 말했다.

"저년의 목을 쳐라!" 여왕이 목청껏 소리쳤다. 아무도 움직이지 않았다.

"누가 당신들을 신경이나 쓸

것 같아요?" 앨리스가 말했다. (이 즈음 앨리스는 몸이 최대한으로 커졌다.) "당신들은 카드에 불과해요!"

이 말에 모든 카드들이 벌떡 일어나서 앨리스에게 날아오기 시작했다. 앨리스는 반은 무서워서, 반은 화가 나서 작게 비명을 지르며 그것들을 쳐 내려 했다. 그리고 다음 순간 자신이 강독 위에서 언니의 무릎을 베고 누워 있는 것을 발견했다. 언니는 앨리스의 얼굴에 내려앉은 낙엽을 살살 털어 내고 있었다.

"일어나, 앨리스! 아이고, 낮잠을 참 오래도 자네." 언니가 말했다.

"아, 정말 신기한 꿈을 꿨어!" 앨리스가 말했다. 그리고 언니에게 방금 여러분이 읽은 이 이상한 모험담을 최대한 기억나는 만큼 이야기했다. 그리고 이야기를 마치자, 언니는 앨리스에게 입을 맞추며 말했다. "분명 신기한 꿈이었네. 하지만 이제 차를 마시러 뛰어가. 늦었어." 그래서 앨리스는 일어나서 뛰어갔고, 뛰면서 그것이 얼마나 멋진 꿈이었는지 생각했다.

◆ ◆ ◆

그러나 앨리스가 출발했을 때 언니는 가만히 앉아, 손으로 얼굴을 받친 채 지는 해를 바라보며 어린 동생과 동생의 멋진 모험에 대해 생각했다. 그러다가 어렴풋이 꿈을 꾸기 시작했다. 그녀의 꿈은 이랬다.

먼저, 그녀는 어린 앨리스의 꿈을 꾸었다. 다시 한번 앨리스가 자신의 무릎 위에 손깍지 낀 작은 두 손을 올려 놓은 채 초롱초롱 반짝이는 눈으로 자신을 올려다보고 있었다. 앨리스 특유의 말투가 들리고, 자꾸만 흘러내려 눈에 들어가는 머리카락을 뒤로 치우려고 고개를 치켜드는 조금은 특이한 모습도 보였다. 그러나 그녀가 귀 기울이자, 또는 귀 기울인 듯한 느낌이 들자, 주변이 온통 어린 동생의 꿈속에 등장하는 이상한 짐승들로 북적였다.

흰토끼가 바쁘게 지나갈 때 발밑에서 긴 풀잎이 바스락거렸고, 놀란 쥐가 근처에 있는 웅덩이에서 첨벙거렸다. 삼월 토끼와 그 일행이 결코 끝나지 않을 식사를 하는 동안 찻잔이 달그락거리는 소리, 불운한 손님에게 처형을 명령하는 여왕의 날카로운 목소리가 들렸다. 다시 한번 돼지 아기가 공작부인의 무릎 위에서 재채기를 하고, 그동안 주변에서 크고 작은 접시가 박살났다. 다시 한번 그리폰의 꽥꽥거림과 도마뱀의 석필의 끽끽거림, 제압당한 기니피그의 캑캑거림이 허공을 채우며 저 멀리 들리는 비참한 가짜 거북의 흐느낌과 뒤섞였다.

그녀는 눈을 감고 자신이 이상한 나라에 있다고 반쯤은 믿으며 계속 앉아 있었다. 그러나 그녀는 알았다. 자신은 다시 눈을 뜰 것이고, 그러면 모든 것이 재미없는 현실로 바뀔 것임을. 풀잎은 그저 바람에 흔들려 바스락거릴 뿐이고, 웅덩이는 갈대의 흔들림에 파문이 이는 것일 뿐이리라. 달그락거리는 찻잔은 딸랑이는 양치기 종으로, 여왕의 날카로운 외침은 양치기 소년의 목소리로, 아기의 재채기와 그리폰의 꽥꽥거림, 그 밖의 모든 기묘한 소리들은 분주한 농장 안마당의 온갖 떠들썩한 소리로 바뀔 것이다. 그리고 멀리서 들리는 소 떼의 음메 소리가 가짜 거북의 흐느낌을 대신하게 될 것이다(그녀는 그것을 알았다).

마지막으로, 그녀는 어린 동생이 나중에 커서 여인이 된 모습을 마음속에 그려 보았다. 성숙해진 뒤에도 어린 시절의 순수하고 다정한 마음을 간직한 모습. 아이들을 불러 모아 놓고 갖가지 이상한 이야기 — 심지어 오래 전에 꾼 이상한 나라에 대한 꿈 이야기 — 로 아이들의 눈을 반짝반짝하고 초롱초롱하게 만드는 모습. 그리고 아이들의 순수한 슬픔에 공감하고 아이들의 순수한 기쁨에서 즐거움을 찾으며 자신의 유년 시절과 행복한 여름날을 떠올리는 모습을.

차례

도슨트 이진경과 함께 읽는
『이상한 나라의 앨리스』

어디서나 교훈을 찾으려는 분들이 찾는 교훈은 대부분 뻔한 것들입니다. 사실 그런 교훈은 대부분 이미 알고 있어서 애써 찾을 필요도 없는 것입니다. 이미 알고 있는 걸 굳이 가르치려는 게 바로 꼰대짓입니다. 정작 쓸 만한 교훈이란 게 있다면 분명 교훈인지 모르게 올 겁니다. 이 책에선 교훈을 찾는 행위 또한 과도하게 표현해서 웃음거리로 만듭니다. 걸핏하면 '여기서 교훈은', '여기서 교훈은' 하던 공작부인의 행위는 '교…' 하고 단어마저 절단되며 중단됩니다. 교훈마저 놀잇감으로 만들고자 했던 게 아닐까요?

앨리스의 놀이 정신,
혹은 놀이의 철학

가면의 진실과 진실한 가면

이 책을 쓴 사람은 루이스 캐럴입니다. 그는 이 책 말고도 『거울 나라의 앨리스』, 『실비와 브루노』, 『스나크 사냥』 등의 '이상한'(wonder) 작품을 썼어요. '스네이크'(snake, 뱀)와 '샤크'(shark, 상어)란 말을 합쳐서 만든 '스나크'란 단어가 보여 주듯이, 캐럴은 말장난에 탁월하고, 새로운 말을 만드는 재주가 뛰어난 사람입니다. 모두 다 신기한(wonder) 말들을 따라가며 장난스럽고도 놀라운(wonder) 상상력을 펼쳐 보여 주는 작품들입니다. '장난'이란 '놀이'로 바꿔 써도 좋은 말인데, 나중을 위해 기억해 두시길 바랍니다.

  그의 원래 직업은 대학에서 수학을 가르치는 수학교수였고

원래 이름은 찰스 도지슨(Charles Dodgson)이지만, 『앨리스』를 쓴 동화 작가 캐럴이란 이름이 훨씬 더 유명하지요. 사실 수학이나 논리학 논문보다는 그가 쓴 동화가 훨씬 더 중요한 작품입니다. 수학자 도지슨이 '원래 얼굴'이고 동화 작가 캐럴은 '가면'인데, 가면이 너무 탁월해 원래 얼굴이 잊혀진 경우라 하겠습니다. 좋은 걸까요, 나쁜 걸까요? 말 나온 김에 하나 묻고 넘어가는 게 좋겠습니다. 흔히 가면은 진짜를 가리는 가짜고 거짓이라 하는데, 동화 작가 캐럴은 가짜고 수학자 도지슨은 진짜라고 할 수 있을까요? 도지슨의 수학 논문은 읽지 않고 캐럴의 동화만 읽었다면, 우리는 본색은 모르는 채 가짜만 아는 것이라고, 가짜에 속은 거라고 해야 할까요?

만약 그렇다고, 즉 속은 거라고 생각한다면, 다시 한번 물어야 합니다. 왜 수학자란 직업이 '원래'이고 '진짜'라고 하는 걸까요? 공식적인 직업이 수학자라서? 그렇다면 20세기 최고 작가 중 하나인 프란츠 카프카의 본색은 보험회사 직원이고, 작가라는 건 거짓이라고 해야 합니다. 동화 작가보다 '먼저' 선택한 게 수학자라서? 그런 거라면 수학자보다 먼저 그는 학생이었을 거고, 그 전에는 그저 철없는 아이었을 겁니다. 그러니 철없는 아이가 진짜고, 수학자란 직업도 가면이고 가짜라고 해야 하지 않을까요? 그렇게 되면 아인슈타인 같은 과학자도, 칸트 같은 철학자도 모두 가면일 뿐 원래는 모두 철없는 아이라고 해야 하지 않을까요? 말이 되긴 하지만, 바보 같은 말 같지 않나요? '먼저'나 '애초'가 진짜라면 과학이나 예술 같은 걸 하기 위해 애쓰는

일은 모두 남들을 속이려는 노력이 되고 맙니다. 모든 사람은 그럴듯한 가면을 쓴 사기꾼이 되고 마는 거죠. 말이 안 되는 건 아니지만, 멍청한 말임이 분명하죠?

　좀 더 나은 삶을 살려고 열심히 노력하는 것이 진심이고 진실임을 안다면 차라리 반대로 말하는 게 나을 겁니다. '나중에' 도달한 것이 진짜라고. 그러나 그 '나중'을 가장 끝이라고 한다면 우리의 진실은 시체 속에 있다 하겠지요? 역시 어리석은 말입니다. 대학을 가기 위해 열심히 공부를 하는 것도 진실이고, 취직을 하기 위해 애쓰는 것도 진실이며, 사랑하는 사람이나 좋아하는 친구를 위해 최선을 다하는 것도 진실입니다. 노래나 춤 같은 것에 홀려 좀 더 잘하려는 것도 그렇지요. 그 모두가 진실입니다. 그 노력으로 얻은 게 가면이라면, 그 모든 가면 또한 진실이라 해야 합니다. 그런 노력으로 얻은 명성이 가명이라면 그 이름 또한 '가짜'라 할 이유가 없습니다. 출생신고서에 등록된 '본명'이 진짜고, 가명은 가짜라는 생각도 생각보다 피상적입니다. 본명은 부모에 의해 그저 주어진 것이지만, 가명은 활동을 통해 스스로 채워 가는 이름입니다. 본명을 쓰는 사기꾼이 있는 반면, 가명으로 좋은 일을 하는 진실한 사람도 있습니다. 유명한 스타의 원래 이름을 애써 찾아내 알려 주는 걸 진리나 진실이라며 예찬하는 건 우스운 일이지요.

　중요한 것은 그때그때 멋진 가면을 만들려고 하는 것이고, 내가 만든 그 가면에 충실하게 살며, 그 가면으로 남들에게 기쁨을 주는 것 아닐까요? 그 가면에 어떤 이름을 쓰든, 그 가면만큼이

나 그 이름 또한 진실인 거지요. 그래서였을 거예요. 니체는 가면 뒤에 진실한 얼굴이 따로 있다는 생각을 반박하며 이렇게 말합니다—"가면이 얼굴이다". 물론 진실한 가면일 때에만 그렇다고 해야겠지만 말이에요. 그러니 가면의 진실을 따로 찾으려 하기보다는 진실한 가면을 알아보는 안목을 얻는 게 좋지 않을까요?

놀이 없는 놀이터와 놀이터 없는 놀이

『이상한 나라의 앨리스』(이하 『앨리스』)는 한마디로 말하면 '놀이에 대한 책'이자 '놀이에 의한 책'입니다. 놀이에 대한 책이라 함은 '놀이란 무엇인가'라는 물음을 갈 수 있는 한 가장 멀리까지 밀고 나가기 때문입니다. 이는 단지 상상할 수 있는 놀이를 최대한 확장한다는 말은 아닙니다. 그거야 이 책 말고도 많이 있지요. 미리 말해 두자면, 이 책이 놀이에 대한 책이라 함은 놀이를 놀이로 만드는 것이 무언지, 반대로 놀이를 놀이가 되지 못하게 막는 것이 무언지를 묻기 때문입니다. 또한 변화와 생성의 놀이를 통해 '나는 누구인가'를 물으면서 삶의 중심에 그런 놀이가 있음을 보게 합니다. 뒤에 다시 말하겠지만 이런 물음을 놀이를 통해서 펼쳐 나간다는 점에서, 놀이에 의한 책이라 하겠습니다.

  알다시피 이 책의 제목에 사용된 wonderland의 wonder는 '신기한', '놀라운', '이상한' 등을 뜻하는 말이지요. 앨리스가 흰토끼

를 따라 들어가게 된 나라는 정말 신기하고 놀랍고 이상한 나라입니다. 무엇이 그 나라를 신기하고 놀랍고 이상하게 만들까요? 생각하지 못했던 일이 벌어지고 예상치 못한 반응과 대화가 이어지기 때문입니다. 그러나 그저 이것뿐이라면, 뜻밖의 일들은 읽는 이를 불안하거나 두렵게 할 수도 있습니다. 이상한 나라가 아니라 악몽 같은 나라가 되는 겁니다. 그런데 이런 일들이 무섭거나 불안하지 않고 즐겁고 신기한 것은 그 모두가 놀이라는 점 때문입니다. 놀이로 만들고, 놀이로 받아들이기 때문입니다. 걸핏하면 '목을 쳐라'라고 명령하는 여왕이 있지만 누구의 목도 날아가지 않습니다. 정말 명령대로 목이 날아갔다면 엽기적인 공포 소설이 되었겠지요?

　사실 놀이는 인간의 삶에서 대단히 중요합니다. 그래서 누군가는 인간을 '놀이하는 동물'(homo ludens)이라고 하기도 했습니다. 그러 오직 인간만 그런 게 아닙니다. 모든 동물들이 놀이를 합니다. 고양이나 개를 키워 본 사람은 잘 알지요. 그들 삶의 대부분은 노는 것과 쉬는 것임을. 새들도 그렇고 늑대나 개구리도 그렇습니다. 사실 동물들에게 놀이는 그저 '노는 것'만은 아닙니다. 친구나 가족과 함께 놀면서 신체 기능을 조절하고, 친근감이나 우정, 공감 능력, 갈등 조정 능력, 경쟁 능력, 신뢰감과 안정감, 집단적 소속감 등을 얻습니다. 공동체를 이루며 살아가는 능력이 그로부터 나옵니다. 사회성이 중요한 동물일수록, 사냥 능력 못지않게 놀이가 중요합니다. 이는 인간을 생각해 보면 쉽게 이해할 수 있을 겁니다.

그런데 우리 인간이야말로 모든 동물 가운데 일하느라고 노는 시간을 최소화하는 동물 아닌가 싶습니다. 덕분에 우리는 놀이를 일하는 시간 중간에 있는 '잉여'처럼 생각하는 경향마저 있습니다. 먹고 남은 음식처럼, 정작 해야 할 것 사이에 남은 무언가로 생각합니다. 무슨 일을 하고 살 건지를 고민하고, 맡은 일을 하기 위해 고민하는 게 인간의 삶이지요. 그런 점에서 보면 적어도 고용되어 일을 해야 하는 지금 세상에서 인간은 '놀이하는 동물'이라기보다는 차라리 '노동하는 동물'이라 해야 할 듯합니다. 불행히도 점차 '놀 줄 모르는 동물', 혹은 '일 없을 때만 노는 동물'이 되어 갑니다.

그래도 인간은 유일하게 놀이터를 만드는 동물입니다. 동물들이 따로 놀이터를 만든다는 얘긴 아직 못 들었으니까요. 어디서나 노는 동물이라면 사실 따로 놀이터가 필요 없을 겁니다. 놀이터를 따로 만든다는 건, 어디서나 놀 수 없게 되었기 때문일 겁니다. 사실 인간도 19세기 말 이전에는 놀이터를 따로 만들지 않았습니다. 브뤼헐의 유명한 그림에서 보이듯, 거리는 가난한 자들의 놀이터였습니다. 19세기말 국가가 '경범죄 처벌법'처럼 거리에서 노는 것을 금지하는 법이나 규칙을 만들어 거리로부터 놀이를 추방함에 따라, 놀이터가 따로 만들어지게 됩니다. 지금은 아파트 단지마다 최소한 하나씩 있으니 놀이터가 참 많기도 합니다. 그런데 그 놀이터는 대개 텅 비어 있지 않나요? 저는 놀이터가 노는 아이들로 붐비는 걸 본 기억이 별로 없어요. 가지고 놀라고 미끄럼틀, 그네도 따로 만들어 놓았는데, 왜 그럴까

요? 아이들도 다들 바빠서 놀 시간이 없어서 그런 걸까요? 설마, 그럴 리가!

제 짐작이지만, 놀이터가 놀기 적합하지 않기 때문 아닐까 싶어요. 어느 놀이터나 뻔한 놀이 기구들이 몇 개 설치돼 있지요. 미끄럼틀, 정글짐, 시소, 그네 등등. 어디 법에 정한 것도 아닐 텐데, 어쩜 이리들 비슷한 것들만 있나 싶지 않나요? 더구나 그런 기구들을 써서 노는 방법은 뻔하지요. 놀이 기구마다 놀이 방법이 거의 일정하게 정해져 있으니까요. 놀이란 원래 이거 하다 저거로 넘어가고, 새로운 놀이 방법을 창안하고 해야 신나는 건데, 사용법이 뻔한 놀이 기구가 놀이터를 차지하고 있으니 오히려 노는 데 더 거추장스런 거 아닌가 싶어요. 지금 세상에 시소 타며 기뻐하고 미끄럼틀 타고 내리며 신나서 함성을 지르는 아이들의 모습처럼 현실감 없는 것도 없을 거 같습니다. 놀이터가 붐비면 그게 이상한 거죠. 아, 그런 기구를 처음 보는 아이들이라면 혹시 즐거워할 수도 있겠네요. 아마도 잠시겠지만.

그런 놀이터가 저리 많은 것은 삶의 공간이라면 어디나 놀이가 필요하다는 걸 인정하는 증거라 하겠습니다. 그런데 동시에 놀이터가 어디나 비슷하고 어디나 텅 비어 있는 것은, 그것이 건축 회사가 성의 없이 남발하는 변명임을 보여 주는 증거겠지요. 저의 어린 시절엔 그런 놀이터가 없었습니다. 모두 길거리나 골목길에서 놀았죠. 아무 놀이 기구도 없는 그저 텅 빈 골목일 뿐인데도, 다들 시간 가는 줄 모르고 놀았습니다. 텅 비어 있어서 그랬을 거예요. 구슬치기나 딱지치기도 하고, 공기놀이도 하고,

축구도 하고 고무공으로 찜뿌도 하고, 비석치기도 하고, 땅바닥에 주저앉아 땅따먹기도 하고, 오징어 게임도 하고, 다방구에 술래잡기 등 수많은 놀이를 했어요. 놀이 기구가 있으면 그걸 이용한 것만 할 수 있는데, 아무것도 없으니 뭐든 할 수 있었던 거죠. 놀이터에는 정작 놀이하는 아이가 없었다면, 놀이터가 없던 길거리는 놀이하는 아이들로 붐볐다는 역설!

이게 알려 주는 것은 놀이에서 중요한 건 놀이 기구나 폼 나는 장비가 아니라 아무거나 할 수 있는 열린 공간과 개방성이라는 거 아닐까요? 규칙마저 슬쩍 바꾸거나 없애고 새로 만들 수 있는 개방성, 그게 놀이를 놀이답게 하는 가장 중요한 요건 아닐까요? 새로운 것을 만들거나 어떤 걸 새로운 걸로 바꾸는 게 창의성과 창조성이라면, 그건 바로 이 개방성 속에서 시작되는 것 아닐까요? 주어진 과제를 주어지는 대로 수행해야 하는 노동 속에선 새로운 걸 창안할 여지가 없습니다. 그래서 철학자 러셀(Bertrand Russell)은 인류의 모든 창안은 한가함과 게으름 속에서 나왔다며 「게으름에 대한 찬양」이란 글을 쓰기도 했지요. 라파르그(Paul Lafargue)란 사람은 『게으를 권리』란 제목의 책을 쓰기도 했고요.

맞는 말이지만, 한가함이나 게으름이 그냥 창조로 이어지는 건 아닙니다. 한가함으로 열린 여백을 놀이로 채울 때 규칙을 지우고 새 규칙을 만들며, 하던 걸 다른 걸로 바꾸는 놀이의 장으로 만들 때 비로소 창조가 시작됩니다. 놀이가 바로 창조의 원천인 겁니다. 창조의 힘은 잘 놀 줄 아는 사람에게 깃드니 잘 놀아

야 하고, 나아가 필요하다면 잘 노는 법을 배워야 합니다. 노는 법은 놀며 익히는 것인데, 지금은 다들 공부에, 과제에, 일에 쫓기며 살기에, 노는 법을 모르고 살기 쉽기 때문입니다.

신체적 놀이와 언어적 놀이

『앨리스』에 나오는 놀이는 우리가 아는 이런 놀이보다 훨씬 멀리 갑니다. 놀이의 극한이라 할 곳까지. 단지 놀이의 종류가 정신없이 늘어난다는 것 때문에 그리 말하는 건 아닙니다. 이 책이 보여 주는 놀이의 극한은 먼저 놀이와 놀이하는 사람의 관계가 뒤집혀 버리는 지점입니다. 놀이터에서나 길거리에서나 놀이란 '우리가 하는' 것이었습니다. 놀이의 '주어'가 우리였단 말이죠. 그런데 놀이가 주어가 되고, 우리가 '목적어'가 되는 일도 있지 않을까요? 놀이가 나를 대상으로 삼아 갖고 노는 것 말입니다.

　앨리스의 모험은 토끼를 따라 굴에 들어간 앨리스가 밑이 푹 꺼지며 한없이 떨어지는 사건으로 시작합니다. 떨어지고 또 떨어지다 드디어 바닥에 닿은 앨리스는 '날 마셔요'라고 쓴 병에 든 걸 마시며 25센티미터 크기로 작아집니다. 조금 뒤에는 케이크를 먹어 키가 아주 커져 울다가, 토끼가 흘리고 간 부채를 부치니 다시 작아집니다. 그 뒤에도 버섯을 먹고 커졌다 작아졌다를 반복합니다. 몸이 커지거나 작아지는 것 자체가 앨리스의 여정 전체를 관통하는 중요한 놀이인 겁니다. 물론 앨리스는 할 생각이 없었으니 앨리스가 주어가 아닌 목적어가 된 놀이, 즉 놀이

의 대상이 된 놀이라 하겠습니다. 놀이에 의해 놀아나는데도 앨리스는 즐거워합니다. 나중에는 버섯을 번갈아 먹으며 크기를 조절할 수 있게 됩니다. 놀이에 말려든 앨리스가 다시 주어가 된 거지요. 이렇게 이 책에서는 놀이가 주어가 되었다가 앨리스가 주어가 되었다가 하며 엎치락뒤치락하는 일이 반복됩니다. 그것이 바로 앨리스의 모험입니다. 이 얘기를 읽고 그린 건지는 알 수 없지만, 1930년대 초현실주의 화가 르네 마그리트(René Magritte)는 방 안에 가득 찬 크기의 사과를 그린다거나 해변에 커다란 과일 접시를 그리는 놀이를 한 적이 있습니다.

신체가 작아졌다 커졌다를 반복하는 것은 신체가 변화하는 놀이이니, 신체적 놀이라고 합시다. 달라진 신체로 인해 다른 놀이들이 발생합니다. 크기가 달라지는 놀이만 있는 건 아닙니다. 공작부인의 부탁으로 앨리스는 아기를 받아 안게 되는데, 처음엔 사방으로 팔다리를 뻗어 불가사리 같던 아기가 좀 있으니 꿀꿀대며 코부터 돼지가 되기 시작하여 끝내 돼지가 되고 맙니다. 신체의 모양이 달라지는 놀이인 셈이지요. 체셔 고양이는 웃음만 남기고 몸이 사라져 버립니다. 나중엔 역으로 웃음부터 나타나 얼굴이, 머리가 생겨납니다. 이는 있음과 없음 사이에서 발생하는 신체적 놀이라고 하겠습니다. 왕비의 크로케 게임은 망치 대신 홍학을 거꾸로 들고 공 대신 고슴도치를 치는 또 다른 신체적 놀이입니다. 신체를 사용하고 신체가 부딪히는 놀이지요.

이와 다른 종류의 놀이가 있습니다. 언어를 이용한 놀이, 쉽게 말해 말장난입니다. 이 책을 특히 유명하게 만든 건 무엇보다도

언어를 이용한 놀이일 겁니다. 이 또한 책의 앞부분부터 시작됩니다. 앨리스의 몸이 커졌을 때 흘린 눈물에 빠진 꼬마 앨리스와 동물들은 몸을 말려야 합니다. 생쥐가 '몸을 충분히 마르게 해 주겠다'며 나서서, 자기가 아는 가장 '건조한' 얘기를 해 줍니다. 그리곤 몸이 다 말랐냐고 묻지요. 대환장 다과회에선 모자 장수가 답 없는 수수께끼를 내고, 자기처럼 시간과 친하지 않다면 '시간을 죽인다'고 하면 안 된다며 경칭을 붙여 '그분을 죽인다'고 하라고 합니다. 모자장수가 "장담하는데, 넌 시간과 얘기를 나눠 본 적이 없을 거야!"라고 하자, 앨리스는 "그런 적은 없는 것 같지만, 음악을 배울 때 박자를 맞춰야(beat time) 한다는 건 알아요"라고 합니다. 그러자 모자장수는 "시간은 두들겨 맞는 걸 못 참지"라며 응수합니다. beat time이 박자(시간)을 맞추는 것과 때리는/맞는다는 것을 동시에 뜻한다는 걸 이용하여 말장난을 하고 있는 거죠. 그리폰을 따라가 만난 가짜 거북은 늙은 거북이었던 선생님을 육지거북(토터스tortoise)이라고 했다고 하죠. 왜 그를 육지거북이라 했냐고 하니, 그가 우리를 가르쳤기(토터스 taught us) 때문이라고 합니다. 이런 식의 말장난은 이 책의 처음부터 끝까지 계속해서 이어집니다. 어쩌면 말장난에 의해 책 전체가 쓰이고 있다고 할 정도로 말입니다. 이 책이 놀이에 대한 책일 뿐 아니라 놀이에 의한 책이라 함은 이런 의미입니다.

　신체적 놀이와 언어적 놀이는 신체와 언어만큼이나 구별되는 경계를 갖습니다. "너희 몸을 바싹 말려 주겠다"는 생쥐의 약속에도 불구하고 건조한 얘기는 몸을 건조하게 말려 주지 못합

니다. 개라는 개념은 짖지 않고 사과란 개념은 둥글지 않은 것처럼, 건조한 얘기로는 몸을 말릴 수 없는 거죠. 그보다는 도도새가 제안한 코커스 경기가 오히려 몸을 말리는 데 도움이 됩니다. 대단히 '썰렁한' 경기가 몸을 말려 주는 셈이지요. 그렇지만 신체 상태를 바꾸는 말들도 있습니다. 왕비가 걸핏하면 외치는 "저 놈의 목을 쳐라!" 같은 말이 그렇습니다. 이 책의 마지막에 나오는 재판은, 목을 치든 감금을 하든, 신체 상태를 바꾸기 위해 벌어지는 언어적 놀이를 보여 줍니다. 반대로 신체적 놀이가 언어적 놀이를 불러오기도 합니다. 앨리스의 목이 길게 늘어나 나뭇잎 아래로 목을 구부렸을 때, 비둘기는 이를 보고 "뱀이다!"라고 소리를 지릅니다. 앨리스는 자신은 뱀이 아니라 여자아이라고 하지만, 비둘기는 "여태껏 수많은 여자아이를 봤지만 너같은 여자아이는 없었어. 그래, 넌 뱀이야!"라고 합니다. 틀린 말은 아니지만 맞다고도 할 수 없지요. 그래서 여자아이와 뱀을 둘러싼 언어 놀이가 시작된 겁니다.

이 책에 나오는 놀이 가운데 또 하나의 극한은 좀 전에 말한 코커스 경기입니다. 이 경기는 아무런 규칙이 없고 시작도 끝도 누가 정하지 않은 채 내키는 대로 달리기도 하고 서기도 하는 놀이입니다. 누가 승자냐고 하자 모두가 승자라고 말합니다. 승패가 없는 셈이죠. 승패도 규칙도 없는 놀이란 점에서 이는 놀이의 또 다른 극한입니다. 노동은 엄격한 규칙이나 목적, 의무나 강제가 있다는 점에서 놀이와 대비됩니다. 의무나 강제가 되면 어떤 놀이도 더 이상 놀이가 아니게 되지요. 놀이에는 목적도 없

습니다. 노는 것 자체가 목적입니다. 카드 게임이나 화투에서 흔히 그러하듯 돈을 따는 게 목적이 되면, 그건 더 이상 놀이가 아니라 도박이 되지요. 올림픽이나 프로야구처럼 승패가 목적이 되면, 그것 또한 놀이가 아니라 노동이 되고요. 일삼아, 즉 직업적으로 하는 건 놀이가 아니라 노동이니까요. 그러니 노동마저 놀이로 하는 사람이 있다면 놀이마저 노동으로 하는 사람이 있음을 알 수 있을 겁니다.

말장난이 잘 보여 주듯이 놀이는 기존의 규칙을 어기는 맛으로 합니다. 그러나 동시에 놀이에도 대개 규칙이 있습니다. 놀이하는 사람들이 정하기도 하고 바꾸기도 하지만 규칙이 있는 경우가 많지요. 그런데 승패를 정하거나 목적을 이루기 위한 거라면 규칙을 엄격하게 준수해야 하니, 규칙은 대단히 무거운 무게를 갖게 됩니다. 하지만 본래 놀이란 목적도, 승패도 없는 것이기에 규칙의 무게가 가볍습니다. 규칙이 무거우면 바꿀 생각을 하기 어렵지만 규칙이 가벼우면 바꿀 생각을 하기 쉬워집니다. 바꾸거나 지우고 새로 만들 때 새 놀이가 창안됩니다. 가벼움, 그것은 여러 가지 의미에서 놀이의 중요한 덕목입니다.

이를 좀 더 멀리 밀고 나가면, 목적도 승패도 없고 규칙도 강제도 없는 놀이를 생각할 수 있을 겁니다. 그게 바로 코커스 경기지요. 그러나 이 경기만이 아니라 이 책에 나오는 놀이 모두가 목적도 승패도 없고 규칙도 강제도 없습니다. 왕비의 크로케 경기도 그렇고 바닷가재의 카드리유 춤도 그렇죠. 심지어 마지막의 재판마저도 어이없을 만큼 규칙이 없어서 재미있습니다. "저

놈의 목을 쳐라!"라는 왕비의 명령은 무언가를 강제하는 말이지만, 실제로는 누구의 목도 날아가지 않으며 아무도 개의치 않고 행동합니다. 가벼움은, 어쩌면 가장 무시무시할 말까지도 놀이의 일부로 만듭니다. 정말 놀이의 극한을 보여 주는 책이라 하겠습니다.

놀이의 적들

좀 전에 놀이를 더 이상 놀이가 되지 않도록 만드는 것을 이 책이 어떻게 무력화시키는가에 대해 말했지요? 성과의 목적에 잡아먹힌 놀이는 노동이 되고, 승패의 목적에 잡아먹힌 놀이는 도박이 됩니다. 놀이는 노는 것 자체를 목적으로 할 때 놀이입니다. 그러니 성과와 승패라는 목적은 놀이를 망치는 두 개의 적이라고 하겠습니다. 놀이에도 이렇게 적이 있는 겁니다! 이 책은 목적도 없고 승패도 없는 놀이를 통해 그 적들을 물리치는 법을 우리에게 알려 줍니다. 이게 바로 놀이를 놀이답게 하는 놀이 정신 아닐까요?

　놀이를 망치는 적은 이것 말고도 또 있습니다. 그중 하나는 사형선고입니다. 목숨을 건 놀이는 놀이가 아닙니다. 목숨을 걸라고 요구하는 놀이가 어떻게 놀이가 되겠습니까? 유명한 드라마 「오징어 게임」에는 어린 시절 흔히 하던 이런저런 '놀이'들이 등장하지만, 거기에는 목숨이 걸려 있습니다. 돈을 미끼로 목숨을 요구하는 게임이니, 놀이이길 그친 도박입니다. 목숨뿐만 아니

라 소중한 어떤 걸 걸라고 요구하는 건 놀이가 아니라 도박입니다. 그런 요구는 노는 것 자체를 즐길 수 없도록 방해하는 또 하나의 적입니다.

이 책에 자주 등장하는 여왕의 대사, "저놈의 목을 쳐라!"라는 명령은 그런 점에서 놀이의 적을 상징하는 문장입니다. 그런데 캐럴은 여왕으로 하여금 이 명령을 지나치게 남발하게 함으로써, 그 명령문을 웃음거리로 만듭니다. 크로케 경기를 하는 내내 여왕은 목을 치라는 명령을 남발하여 자신과 앨리스를 제외한 모든 선수에게 사형선고를 하여 감옥에 가두어 버립니다. 사형선고가 놀이를 망친다는 걸 아주 잘 보여 주지요. 이는 동시에 사형선고 자체를 웃음거리로 만들어 버립니다. 남발되는 그런 명령에 두려움을 갖기는 어렵습니다. 이처럼 과도함은 웃음을 야기하는 익살의 기술이지요. 거기에 더해 그리폰은 명시적으로 여왕을 비웃습니다. "전부 여왕의 상상일 뿐이야. 실은 아무도 사형을 집행하지 않아." 집행되지 않는 사형선고는 이렇게 무력화되어 재미있는 놀이의 일부가 됩니다. 놀이의 적을 물리치는 또 하나의 방법, 그것은 웃음과 익살입니다.

사형선고가 놀이의 가장 무서운 적이라면, 재판은 그런 선고의 가능성을 이용해 규칙의 준수를 강제하는 장치입니다. 놀이의 또 다른 적이라 하겠지요. 규칙이 엄격하면 놀이는 더 이상 재미있는 게 되지 못하고, 규칙의 준수를 따지는 피곤한 일이 되니까요. 있는 규칙마저 유연하게 넘나들 때, 놀이는 즐거움으로 인도합니다. 반면 법이란 강제력을 갖춘 규칙이지요. 규칙에 의

해 규칙을 준수했나를 확인하고 규칙을 준수하도록 하는 것이 재판입니다. 규칙에 의한, 규칙을 위한, 규칙의 지배가 실현되는 걸 목적으로 하는 장치인 겁니다. 이 책은 '누가 타르트를 훔쳐 갔는가?'라는 사안을 놓고 벌어지는 재판 장면을 마지막 놀이로 다루고 있지요. 재판의 이유도 우습지만, 판단의 이유도, 판단의 논리도 모두 웃깁니다. 없던 법을 졸지에 만들기도 하고요. 규칙이란 말들의 집합이니 일종의 말장난인 셈인데, 이를 다시 말장난을 통해 웃음거리로 만드는 겁니다. 앨리스는 이런 재판에 대한 항의를 하고 끝내 재판을 망쳐 버리고 맙니다. 놀이의 적과 싸우는 또 하나의 방법을 알려 주려는 것 같지 않나요?

놀이를 방해하는 또 하나의 적을 추가해야 합니다. 그건 공작 부인이 무슨 얘기에서든 끝내 찾아내려 하는 '교훈'입니다. 교훈을 주려고 하는 얘기를 흔히 '설교'라고 하지요. 그런 얘기를 재미있게 듣기는 대단히 어렵습니다. 그런데도 언제나 그런 얘기를 하려는 분들이 있지요. 이런 분을 우리는 '꼰대'라고 하곤 합니다. 시나 소설, 그림이나 노래도 교훈을 주기 위해 만들어진 것이 있습니다. 이들 역시 재미없습니다. 교훈을 주려 하면 재미있었을 얘기도 재미없어집니다. 하물며 놀이를 하면서도 교훈을 찾고자 한다면, 심각한 병이 아닌가 의심해야 합니다.

어디서나 교훈을 찾으려는 분들이 찾는 교훈은 대부분 뻔한 것들입니다. 사실 그런 교훈은 대부분 이미 알고 있어서 애써 찾을 필요도 없는 것입니다. 이미 알고 있는 걸 굳이 가르치려는 게 바로 꼰대짓입니다. 정작 쓸 만한 교훈이란 게 있다면 분명

교훈인지 모르게 올 겁니다. 뻔한 교훈을 깨며 올 겁니다. 이 책에선 교훈을 찾는 행위 또한 과도하게 표현해서 웃음거리로 만듭니다. 걸핏하면 '여기서 교훈은', '여기서 교훈은' 하던 공작부인의 행위는 '교…' 하고 단어마저 절단되며 중단됩니다. 교훈마저 놀잇감으로 만들고자 했던 게 아닐까요?

앨리스의 놀이 정신

『앨리스』는 처음부터 끝까지 예상하지 못했던 일들, 뜻하지 않은 일들로 가득합니다. 앨리스도 한 번은 '집에 있을 때가 훨씬 좋았던 것 같아. 그때는 이렇게 커졌다가 작아졌다가 하고 생쥐와 토끼한테 이래라저래라 명령이나 듣지는 않았는데' 하고 생각합니다. 키가 아주 작아졌다 아주 커졌다 난리를 치니 후회하는 마음이 들 법도 하죠. 그러나 곧바로 생각을 바꿉니다. "토끼 굴로 내려오지 말걸 그랬다는 생각까지 들어… 하지만… 하지만… 좀 신기하잖아. 이런 종류의 삶 말이야! 나한테 어떤 일이 일어날 수 있는지 정말 궁금해."

　예상 밖의 사태나 뜻대로 되지 않는 일들이 벌어지면 우리는 당황하고 주저하게 됩니다. '오늘도 무사히'라는 말은 그런 일 없는 평탄하고 편안한 삶에 대한 소망을 표현하는 말이지요. 충분히 이해할 수 있는 일이지만, 그렇게만 산다면 삶이 좀 지루하지 않을까요? 더 큰 문제는 그렇게 빌고 기도해 봐야 그런 뜻밖의 일들은 벌어지게 마련이라는 겁니다. 별 일 없고 편안한 삶을

소망하는 사람에게 그런 사태는 없었으면 좋았을 불행한 '사고'
가 됩니다. 그런 사람이라면 일이 벌어질 때마다 자신의 불행을
한탄하며 살게 되겠죠.

앨리스라면 반대로 생각할 겁니다. 당황할 때도 있고 눈물이
날 때도 있겠지만, 그래도 다시 무슨 일이 일어날지 궁금해 하
는 사람이라면, 그런 일들을 모두 오는 대로 받아들일 수 있을
겁니다. 그게 바로 앨리스의 놀이 정신입니다. 뜻하지 않은 일들
을 놀이로 받아들이는 정신 말입니다. 사실 우리도 모두 그런 놀
이 정신을 갖고 있습니다. '호기심'이라고들 하는, 앨리스의 궁금
증과 같은 마음이 그거지요. 놀이 정신을 가진 사람에게 뜻밖의
일들은 이제까지 정해진 길을 가던 내게 새로운 길이 열리는 '사
건'으로 다가올 겁니다. 물론 새로운 길은 수풀도 무성하고 맹수
가 숨어 있을 위험도 있겠지만, 헤쳐 나갈 생각을 하는 사람에게
그것들은 일종의 즐거운 모험이 되지 않을까요?

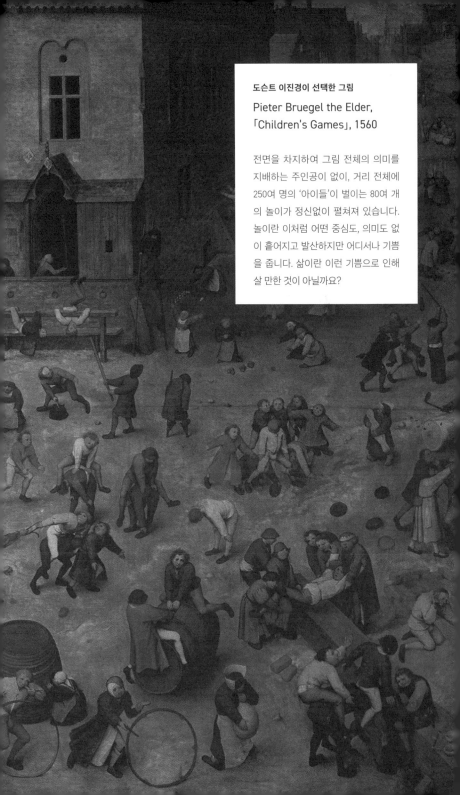

도슨트 이진경이 선택한 그림

Pieter Bruegel the Elder,
「Children's Games」, 1560

전면을 차지하여 그림 전체의 의미를 지배하는 주인공이 없이, 거리 전체에 250여 명의 '아이들'이 벌이는 80여 개의 놀이가 정신없이 펼쳐져 있습니다. 놀이란 이처럼 어떤 중심도, 의미도 없이 흩어지고 발산하지만 어디서나 기쁨을 줍니다. 삶이란 이런 기쁨으로 인해 살 만한 것이 아닐까요?

도슨트 이진경과 함께 읽는 『이상한 나라의 앨리스』

앨리스의 놀이 정신,
혹은 놀이의 철학

그린비

그린비 도슨트 세계문학 01

이상한 나라의 앨리스

초판1쇄 펴냄 2024년 4월 26일

지은이 루이스 캐럴
옮긴이 정해영
해설 이진경
펴낸이 유재건
펴낸곳 (주)그린비출판사
주소 서울시 마포구 와우산로 180, 4층
대표전화 02-702-2717 | **팩스** 02-703-0272
홈페이지 www.greenbee.co.kr
원고투고 및 문의 editor@greenbee.co.kr

편집 이진희, 구세주, 송예진 | **디자인** 이은솔, 박예은
마케팅 육소연 | **물류유통** 류경희 | **경영관리** 이선희

ISBN 978-89-7682-864-4 03840

독자의 학문사변행學問思辨行을 돕는 든든한 가이드 _(주)그린비출판사

도슨트 이진경과 함께 읽는
『이상한 나라의 앨리스』